L'HEURE BLEUE

du même auteur
chez Christian Bourgois éditeur

LES ARCHIVES DES SENTIMENTS
LA DOUCE INDIFFÉRENCE DU MONDE
L'UN L'AUTRE
TOUS LES JOURS SONT DES NUITS
AU-DELÀ DU LAC
SEPT ANS
COMME UN CUIVRE QUI RÉSONNE
UN JOUR COMME CELUI-CI
D'ÉTRANGES JARDINS
PAYSAGES ALÉATOIRES
VERGLAS
AGNÈS

PETER STAMM

L'HEURE BLEUE

Traduit de l'allemand (Suisse)
par Pierre DESHUSSES

CHRISTIAN BOURGOIS ÉDITEUR

Titre original :
In einer dunkelblauen Stunde

Ce livre a été publié avec le soutien
de la Fondation suisse pour la culture Pro Helvetia.

fondation suisse pour la culture
prohelvetia

*L'édition originale de ce texte a été publiée
par S. Fischer Verlag, Frankfurt am Main, en 2023.*

ISBN : 978-2-267-04841-4

I know not what tomorrow will bring...

Fernando Pessoa

I

Je ne sais pas combien de temps il me reste, dit Wechsler, mais qui peut savoir ce genre de choses ? Il y a des moments où la fin m'a paru plus proche que maintenant.

Il est debout au bord de la Seine, le ciel est couvert, quelques pigeons passent. Wechsler fait un geste vague, comme s'il voulait chasser cette pensée. À l'arrière-plan on peut voir un bateau de touristes passer à toute vitesse. Wechsler se détourne de la caméra, regarde l'eau, hausse les épaules.

On pourrait commencer comme ça.

C'était après qu'il nous a parlé de cet accident en montagne, non ? dit Tom. Assis sur le lit, il est plongé dans une lecture.

Qu'est-ce que tu lis ? Ce n'était pas un accident. Ça a juste failli.

Pour Wechsler, ça a été un moment clef de sa vie.

Tu penses qu'il faut aller avec lui dans les montagnes et le filmer en train de trébucher et de se souvenir ? S'il vient. L'histoire, on l'a déjà. Thomas.

Depuis peu, il veut que je l'appelle Thomas. Pourquoi quelqu'un qui a été Tom pendant quarante ans veut soudain être Thomas ? Je fais un retour arrière.

Ce serait bien si on pouvait faire l'enregistrement dans les montagnes, dit Tom. Les montagnes, c'est toujours beau. Paris, le village, les montagnes.

L'histoire va sans doute chaque fois être racontée de façon plus dramatique. Tu lis quoi ?

Le prospectus de l'hôtel. Un petit voyage à la découverte de notre hôtel, entouré par un paysage riche et varié, niché dans un village de vignerons aux allures idylliques. Un haut lieu de la gastronomie qui satisfera les palais les plus délicats. Chez nous, travail et plaisir forment une harmonie. Chambres non-fumeurs, accès gratuit à Internet, un eldorado pour tous les hommes d'affaires.

Et les femmes d'affaires ?

J'y suis. Je vais repasser en vitesse normale.

… je me suis trompé de chemin, dit Wechsler, mais au lieu de faire demi-tour… j'ai toujours détesté revenir sur mes pas. Le terrain devenait de plus en plus pentu, tout dégringolait, j'avais l'impression que le monde entier était en mouvement, qu'il n'y avait plus rien de fixe. Et puis soudain une falaise. Je me suis dit : Maintenant… c'est à ce moment que je me suis vraiment rendu compte que j'étais mortel… c'est là que j'ai vraiment compris.

Il a la désagréable habitude de ne pas finir ses phrases. On sait ce qu'il veut dire, mais il ne le dit pas. On ne peut pas réaliser un film rien qu'avec des débuts de phrases.

J'appuie sur avance rapide.

… qui peut savoir ce genre de choses, dit Wechsler. Il y a des moments où la fin m'a paru plus proche que maintenant.

On pourrait aussi prendre ça comme conclusion, dit Tom. Un peu comme une ouverture. Le film est terminé mais la vie continue. Et il disparaît dans le couchant, au bord du petit lac. C'est d'ailleurs comme ça que se termine un de ses livres.

C'était au bord de la mer. J'aimerais bien avoir une chambre séparée.

Je vais me promener, dit Tom. Thomas.

Thomas ? Je ne peux m'empêcher d'avoir un petit sourire chaque fois que je l'appelle comme ça.

Andrea ? Dit-il en haussant les sourcils. Il se lève du lit en poussant un gémissement et enfile ses chaussures.

Pourquoi tes chaussures n'ont pas de lacets ? Et pourquoi je ne m'en aperçois que maintenant ?

Elles viennent du Japon.

Et les Japonais ne savent pas faire de lacets ? Bon ! Je ferais bien d'aller prendre un peu l'air aussi. Je deviens dingue à force de rester ici.

Tom n'est pas rentré de tout l'après-midi. J'aurais aussi eu envie d'aller me promener, mais nous ne sommes pas là pour le plaisir, nous n'avons qu'un nombre limité de jours de tournage. Déjà à Paris on a bien tapé dans le budget : l'hôtel, les repas. Même si on ne peut pas faire grand-chose pour le moment, il est important au moins d'être là et de faire acte de présence. C'est bien un mot de Wechsler, ça : présence. Aujourd'hui on avait rendez-vous avec lui, je suis allée à la gare pour le chercher, mais il n'était pas dans le train prévu. Peut-être qu'il s'est trompé de jour.

Appelle-le, m'a dit Tom.

Il n'a pas de portable.

Bien sûr qu'il a un portable, je l'ai vu de mes propres yeux.

En tout cas, il ne nous a pas donné son numéro. Je vais lui écrire un mail.

Je lui ai écrit un mail. C'était avant midi, il n'a toujours pas répondu. Je n'ai encore rien mangé aujourd'hui.

Je prends une feuille de papier et j'écris : enfance, montagnes, eau, Paris, femmes. Et puis aussi : livres. J'écris : Qui est la femme ? Je froisse la feuille et la jette dans la corbeille.

Je joue un peu avec tout ce qu'on a, j'intègre quelques prises de vue dans une petite vidéo. Wechsler marche. Il marche dans le cimetière Montparnasse, il marche sur un grand boulevard, il marche dans le jardin du Luxembourg. Il marche sur un autre boulevard, flâne le long de la Seine, regarde les boîtes des bouquinistes, prend un livre dans une caisse, un album photo, le feuillette, paye. Il marche dans une rue étroite, la caméra le suit de très près. Il avance vers la caméra, il fait un geste de la main à hauteur du visage, c'est très joli. Il a beau faire croire qu'il n'a pas le sens des réalités, il sait assez bien s'y prendre pour capter l'attention. Il passe devant la caméra. Je pourrais tourner un film de deux heures le montrant en train de se promener dans Paris. Wechsler entre dans une boulangerie, ressort, dit quelque chose et rit. Il a acheté des croissants pour nous tous. Il peut être très gentil parfois.

Je remarque quelque chose sans bien savoir ce que c'est. Quelque chose d'inhabituel. Je regarde encore une fois les prises de vue. Maintenant je m'aperçois qu'à l'arrière-plan, une première fois au cimetière et une autre fois sur le boulevard, on peut voir la même femme. Elle est trop loin pour que je puisse distinguer son visage, mais elle porte un imperméable vert clair et ça ne court pas les rues. La façon dont elle se déplace aussi est très particulière, on dirait qu'elle sautille, ce doit être la même femme. C'est peut-être un hasard, mais les prises de vue ont été faites à plusieurs jours d'intervalle. Bizarre. Encore un mot que Wechsler ne cesse d'utiliser : bizarre.

Je me demande où est Tom.

Ce jour-là quelque chose a changé, il s'est produit quelque chose, je ne sais pas quoi exactement, mais ça n'allait pas dans le bon sens. C'était le dernier jour de tournage à Paris, nous nous étions retrouvés comme d'habitude au café rue du Bac, le café *Les Mouettes*. Je ne connais aucun autre endroit sur Terre où l'on a aussi peu de chance de trouver des mouettes. Peut-être dans le désert de Gobi ou au pôle Nord. Au début, nous pensions que c'était le café où Wechsler avait ses habitudes, mais il s'avéra qu'il l'avait choisi au hasard et n'y avait jamais mis les pieds auparavant. Je crois qu'il voulait nous rencontrer en terrain neutre. Ou nous attirer sur une fausse piste. Ce pourrait être mon café habituel si j'en avais un.

Lors de notre première rencontre au café *Les Mouettes*, il avait attiré notre attention sur un portail qui ne payait pas de mine et menait dans une cour où se trouvait la chapelle de l'Épiphanie des Missions étrangères. De là étaient partis des milliers de missionnaires envoyés de par le monde pour que les païens… Il remarqua la boutique Nespresso juste à côté et éclata de rire. Ce sont les nouveaux missionnaires. Le café pour tous, l'épiphanie du goût.

Ce jour-là, vers la fin du tournage, j'ai tout de suite remarqué que Wechsler était de mauvaise humeur, que quelque chose l'agaçait. Début d'après-midi, coup de déprime, typique. Il y avait un petit problème avec le micro, Wechsler était impatient, même s'il essayait de le cacher. Il faut dire qu'il cherche toujours à tout cacher. Cette fois, c'était Tom qui devait l'interviewer.

Ce narrateur anonyme dans vos livres, c'est vous ?

Je lui avais dit et répété de ne jamais poser cette question, c'était sans doute la première chose qu'il voulait savoir, la seule dont il se souvenait.

Ce n'est pas moi, dit Wechsler à Tom, c'est vous, vous ne vous en êtes jamais rendu compte ?

Je n'ai pu m'empêcher de rire en voyant le visage stupéfait de Tom. Par chance on ne l'entend pas sur la bande-son. Wechsler a souri.

On va parler des femmes, dit Tom en voix off. Elles jouent un grand rôle dans vos livres, pourtant vous n'avez jamais été marié.

Le visage de Wechsler est comme figé, il regarde fixement la caméra. Pendant un instant je me demande s'il a entendu la question où s'il est perdu dans ses pensées. Puis il dit très lentement et d'une voix fatiguée, comme s'il devait expliquer quelque chose à un enfant qui est un peu lent à la comprenette : sur quoi d'autre est-ce que je pourrais écrire ? Sur les lapins ? Tom a un rire crispé. La veille, il m'avait présenté sa théorie sur Wechsler et les femmes, une démonstration compliquée où il était question de désir et de séduction, de narcissisme, et où la mère de Wechsler jouait aussi un rôle, si je ne me trompe pas, à moins que ce fût son père. Il avait aussi une théorie sur l'interview en face-à-face qu'il était manifestement en train d'essayer. Pour l'instant il ne semble pas savoir comment continuer, en tout cas il reste silencieux pendant un long moment.

Qu'est-ce qui est plus important pour vous, aimer ou être aimé ? finit-il par demander. C'est quoi cette question ?

C'est quoi cette question ! dit Wechsler. C'est un film sur la littérature ou sur des histoires de coucheries ? J'écris sur des femmes et des hommes parce que notre monde est tout simplement peuplé de femmes et d'hommes. Il se lève, j'essaie de le suivre avec la caméra. Il sort du café.

La caméra s'arrête à la porte, pivote un peu, on voit Wechsler dehors devant le café, il s'allume une cigarette, des gens passent, une tache verte, est-ce de nouveau la femme à l'imperméable ? Circulation dans la rue, un bus, un coursier à vélo avec une veste orange. Sur la bande-son on entend le bruit des voitures et, à peine audible, la voix de Wechsler, il a toujours son micro accroché à son revers. Je suis obligée de revenir deux fois sur le passage pour comprendre ce qu'il dit : Tout ça ne mène à rien. Plus tard il s'est excusé pour son comportement.

Ce jour-là je m'étais demandé pour la première fois pourquoi Wechsler avait donné son accord pour ce projet, s'il ne voulait rien révéler de sa personne. Déjà, lors de nos entretiens préparatoires, il avait cité Pessoa : Si, après ma mort, vous voulez écrire ma biographie, rien de plus facile. Elle ne comporte que deux dates – celle de ma naissance et celle de ma mort. Entre les deux, tous les jours m'appartiennent. Qu'attendait-il alors de notre film ?

À six heures, Tom refait surface. Il ne frappe même pas à la porte avant d'entrer, mais je n'ai aucune envie de faire son éducation ; c'est peine perdue.

J'ai trouvé le boucher, dit-il.

À mon tour maintenant de sortir un peu. J'ai aussi besoin de prendre l'air.

Arrivée à la porte, je me retourne. Et pour toi le plus important c'est quoi : aimer ou être aimé ?

Il me regarde d'un air idiot.

Je ne comprends pas cet endroit. Je ne m'y retrouve pas, alors que le centre n'est pas immense. Je n'arrête pas de me perdre et je ne sais plus où je suis. J'aurais juré qu'un supermarché se trouvait en face de l'hôtel, alors qu'il y a maintenant un grand parking presque vide.

Il y a partout des passages, des voies piétonnes, des ruelles de traverse où l'on peut se perdre. J'ai noté quelques endroits que Wechsler a mentionnés pendant les entretiens, l'école, l'église, le café où il allait avec ses amis, ainsi que l'adresse de la maison de ses parents, elle se trouve de l'autre côté de la ligne de chemin de fer. Je me demande ce que je ressentirais si tout cela m'était familier, ces rues, ces maisons, les gens, entrelacs d'histoires et de souvenirs. Pour moi c'est un endroit comme un autre, pas particulièrement beau, pas particulièrement laid, pas grand mais pas petit non plus.

Lorsque j'arrive à la gare, il y a juste un train de marchandises qui passe. Je ne peux m'empêcher de compter les wagons, comme je le faisais quand j'étais petite. Treize. Se peut-il que les trains de marchandises fussent plus longs autrefois ? Ou est-ce seulement une impression ? Qu'ils me semblent plus courts parce que j'ai grandi ? Parce que je sais mieux compter ?

J'emprunte le passage souterrain et arrive dans le lotissement avec de petites villas. Il fait étonnamment frais pour la saison, j'aurais dû mettre un pull-over.

Rien de spécial ici. Les maisons semblent dater des années 1940 ou 1950, rares sont les maisons neuves. Les jardins sont bien soignés. Des enfants jouent dans la rue. À quoi ça pouvait ressembler ici il y a cinquante ans ? Ce n'était sans doute guère différent. Seuls les abris pour voitures et les garages dont chaque maison a manifestement besoin de nos jours semblent neufs. À l'époque, Wechsler a dû aussi jouer dans la rue, faire des tours de vélo, il s'est assis sur le muret pour discuter avec les gamins du voisinage. Savoir s'il portait déjà tout ça en lui ? Cette sombre attente de la douleur ? Je me demande ce que vont devenir les enfants ici ? Menuisiers, maîtresses d'école, comptables, écrivaines. Brusquement ils sont adultes et il n'y a plus rien de ce qu'il y avait autrefois.

Tu as besoin d'un village pour ne pas être seul, a dit une fois Wechsler lors d'une des conversations, une citation. Dans les êtres humains, dans les plantes, dans la terre vit une part de toi qui reste là, même si tu n'es pas là, et elle t'attend. Enfin des phrases complètes. Sauf qu'elles n'étaient pas de lui. Elles étaient de qui ? Et savoir si c'est juste ? Y a-t-il encore quelque chose de Wechsler qui vit ici ? N'y a-t-il pas plutôt quelque chose d'ici qui vit en lui ?

Dix-huit, vingt, vingt-deux, la prochaine doit être la maison où il a grandi. Une femme entre deux âges est debout près du portail, on dirait qu'elle attend quelqu'un. C'est peut-être sa sœur, sa belle-sœur. A-t-il des frères et sœurs ? Aucune idée. Est-ce important ?

Je me demande si je dois adresser la parole à cette femme, mais avant que je ne sois arrivée à son niveau, elle tourne les talons et rentre dans la maison, comme si elle voulait se cacher. Le nom sur la boîte aux lettres ne me dit rien.

Je ne sais pas si nous voulons aider Wechsler ou nous aider nous-mêmes, quelles étaient ses motivations et quelles étaient les nôtres. Peut-être que ça ne joue d'ailleurs aucun rôle. Il faut bien faire quelque chose pour passer ses journées. Une raison a beaucoup de raisons, qui a dit ça ? Nous n'étions pas arrivés à grand-chose tous les trois au cours des dernières années, lui un recueil de brefs textes qui avaient déjà tous été publiés quelque part ; nous quelques projets jamais réalisés pour lesquels nous avions eu des aides qui nous permettaient de vivre plus ou moins bien et quelques petits films pour des musées. C'est d'ailleurs là que nous avions rencontré Wechsler. Des auteurs, hommes et femmes, disent quelque chose sur une œuvre d'art exposée. Il avait choisi un tableau de Hopper, non, c'est faux, de Vallotton. Pourquoi j'ai dit Hopper ?

L'artiste est l'amant qui touche le modèle ou le paysage et qui est touché par lui. Il célèbre leur beauté, le tableau est une sorte d'acte d'amour. Quelque chose dans ce genre. Il y a des artistes qui disparaissent presque totalement derrière leur art, Félix Vallotton est présent dans ses tableaux comme peu d'autres artistes. Et pourtant nous ne savons pas grand-chose à son sujet.

Et que savons-nous de Wechsler ? Nous savons sacrément peu de choses quand on pense qu'on fait un film sur lui. Le contenu de son article Wikipédia, quelques interviews dans des journaux. Nous avons assisté à une lecture et nous avons lu ses livres, la plupart. Mais pour un film on n'a pas besoin de grand-chose. De belles images.

Une fois rentrée à l'hôtel, j'ai encore regardé le petit film tourné dans le musée. Wechsler lit un papier, ça fait très guindé. Je me demande s'il est présent dans ses œuvres. Et de quelle façon ? Amant de ses personnages ? Ça fait un peu, ma fois… pathétique ? pornographique ? pervers ?

Le grand art laisse des traces en nous, dit Wechsler, les tableaux et les textes peuvent pâlir dans notre souvenir ou se transformer, mais ce qu'ils ont fait de nous reste. Des cicatrices. Mot étrange dans ce contexte. Que me font ses textes ? Est-il responsable de ça ? Est-ce que tout est voulu ou suis-je simplement une victime aléatoire ? Comment dit-on déjà ? Ma réaction est-elle un dommage collatéral ? Je sais simplement que, en tant qu'homme, il me faisait la même impression que ses textes, mais peut-être que cela venait plus de moi que de lui. Je ressentais quelque chose d'à la fois tout à fait juste et tout à fait faux. Tom pour sa part était fan depuis longtemps, il avait lu tous les livres de Wechsler et me les avait refilés. Je n'avais d'abord lu que deux ou trois livres, en vue du film, puis évidemment les autres, presque tous, disons la plupart. Quant à savoir si ces livres faisaient sur Tom la même impression que sur moi... J'en doute. Quand nous en parlions, il me semblait que nous avions lu des textes totalement différents.

Qui a eu l'idée de faire ce film ? Je crois que c'est Tom qui en a parlé le premier, mais Wechsler l'avait, ou plutôt nous avait conduits à un point où le seul enjeu était de formuler ce qui était déjà clair pour nous tous. Je voulais le revoir, j'en étais bien consciente. Parce qu'il me fallait trouver ce vrai dans le faux, ce faux dans le vrai. Justement parce qu'il nous traitait comme en passant. Poliment mais en passant. Il n'était pas vraiment là dans le musée. S'il s'était soucié de nous, s'il s'était mis en scène devant nous, j'aurais sans doute très vite perdu toute forme d'intérêt pour lui, et les choses en seraient restées là, mais j'avais l'impression que tout glissait sur lui, que rien ne pouvait lui être plus indifférent. C'est ainsi qu'il restait un vide après le tournage. Il me vidait, ce fut l'une des premières choses que je notais. C'est un vampire qui vit du sang des autres. Bêtise.

En revanche, Wechsler nous a traités une fois de cannibales. Ils vivent du sang des humains qu'ils s'approprient, a-t-il dit, un métier plus que douteux. C'est pourquoi il est important de l'exercer avec amour et intégrité, avec intégrité mais aussi avec tact. Voilà ce dont vous m'êtes redevables.

Tom ne pense pas à ce genre de choses. Au fond c'est quelqu'un de simple. Un individu affable qui ne fait de mal à personne, mais un peu simplet. Si tous les hommes étaient comme lui, le monde serait différent, meilleur sans doute mais plus ennuyeux aussi. Au début je l'appelais parfois Tomcat, ça lui plaisait, alors qu'il a plutôt quelque chose d'un chien. Un fidèle compagnon qui se laisse tout faire. À un moment donné j'en ai eu plus qu'assez. Maintenant il veut être Thomas et ça rend les choses encore plus tristes. *Rex the Runt*, Rex le Freluquet, c'était une série d'animation avec des chiens tout plats en pâte à modeler. C'est comme ça que je devrais appeler Tom.

C'était gênant la façon dont il se comportait pendant le tournage. Monsieur Wechsler par-ci, monsieur Wechsler par-là. Est-ce que le micro vous gêne ? Je peux vous apporter un verre d'eau ? Je m'attendais à tout moment à le voir se mettre sur le dos pour se faire gratter le ventre. Ma relation avec Wechsler fut dès le début totalement différente, un rapport de force. S'il avait eu dix ans de moins, il aurait certainement essayé de flirter avec moi, maintenant il se contente d'allusions, il me fait des compliments, dit que je lui rappelle quelqu'un.

Une femme que vous aimiez bien ?

Encore une question qu'il a laissée sans réponse. C'est peut-être parce qu'il me doit autant de réponses que je n'arrive pas à me détacher de lui. Qu'est-ce que j'éprouve face à lui ? Il m'énerve, mais pas comme Tom.

C'est quoi déjà cette expression ? Il vous donne le petit doigt... Non, ça ne va pas ici.

Tu veux utiliser ça ? demande Tom.

Il arrive dans mon dos pendant que je regarde encore une fois la séquence au musée. Je n'aime pas quand il regarde par-dessus mon épaule. Non que j'aie quelque chose à cacher, mais je n'aime pas, voilà tout.

Bien sûr que non, je regarde simplement. Peut-être que ça me donnera des idées.

C'est un langage visuel totalement différent.

Je sais.

Il pose sa main sur mon épaule. Je me lève et vais ouvrir la fenêtre. Il a commencé à pleuvoir, on dirait de lointains applaudissements. J'ai envie d'acheter quelque chose, un jeans ou un T-shirt, une paire de chaussures, des sous-vêtements, n'importe quoi. J'aurais aussi besoin d'une ceinture. Mais tous les magasins sont fermés à cette heure.

Les meilleures conversations, on les a toujours quand la caméra ne tourne pas. Une fois, nous avions filmé au bord de la Seine Tom et Sascha, qui faisait le son à Paris, qui rangeaient leur matériel. Wechsler et moi fumions une cigarette, je fumais encore à l'époque. Un vol de pigeons est passé à ras de nos têtes, on aurait dit une attaque interrompue au dernier moment.

Nous parlions du sens et de l'absurdité de ce genre de portrait filmé. Je cite de mémoire : Je crois, disait Wechsler, que j'ai imaginé que ce film allait me faire découvrir des choses sur moi-même par votre regard sur moi. Mais c'est absurde. Pourquoi quelqu'un qui me connaît à peine devrait-il découvrir sur moi des choses que je ne connaîtrais pas depuis longtemps ? Vous montrez exactement ce que je veux ou peux montrer de moi, rien de plus. Sans doute même beaucoup moins. Et demain je serai un autre.

Je lui dis que j'aurais quand même la prétention de connaître une personne dont je fais le portrait, de dire des choses valables sur lui. En une heure vous prétendez obtenir quelque chose d'une personne ? dit-il. De toute ma vie je n'y suis jamais arrivé.

Le travail sur un film dure plus qu'une heure.

Il sourit.

Il a quelque chose de bleu en lui, je ne sais pas comment dire les choses autrement. C'est lisse et brillant et transparent, parfois ça a l'air dur comme du verre, parfois comme une goutte d'eau qui pourrait se dissoudre quand on la touche. La part de bleu n'est pas très grande. Quand il ne fait pas attention, on la voit parfois dans ses yeux. Mais quand il est sur ses gardes, ses yeux sont comme des miroirs dans lesquels il ne me permet de reconnaître rien d'autre que moi-même. C'est de ce bleu que viennent ses histoires, pas toutes mais les meilleures. Il est impossible de troubler ce bleu. Si j'arrivais à montrer ça. N'y a-t-il pas déjà un film qui n'est fait que de bleu ? Pendant une heure ou du moins un certain temps, on ne voit qu'un écran bleu. Si, ça existe, un film de Derek Jarman, à l'époque où il était devenu presque aveugle à cause du sida. En fait il s'agit simplement d'une bande-son avec des extraits de son journal, des souvenirs, des pensées philosophiques, des digressions sur la politique et l'esthétique, tout un galimatias mystique accompagné de musique ésotérique, le tout assez plaintif, prétentieux et, pire que tout, ennuyeux. A-t-on le droit de dire ça de quelqu'un qui est sur le point de mourir ? On a le droit. Mais je trouvais l'idée géniale, faire un film sans image. On ferme les yeux et l'espace s'ouvre.

De la musique sans le moindre son, c'étaient les quatre minutes et trente-trois secondes de silence de John Cage. Une image qui n'existe que comme cadre, une ouverture dans le plafond, les *Skyspaces* de James Turrell. Un livre sans paroles, est-ce que ça a déjà été fait ? Est-ce que ça pourrait se faire ?

À l'hôtel à Paris, je laissais toujours la fenêtre ouverte. Tom rouspétait, mais j'aimais le bruit de la rue qui durait jusque tard dans la nuit, cette rumeur qui montait et descendait, toujours changeante, voitures et camionnettes de livraison, camions et motos. Parfois elle disparaît presque totalement pendant quelques secondes pour reprendre aussitôt après. On entend un klaxon, rien d'agressif, plutôt un appel, un couinement de frein, des voix, un rire. Je suis debout près de la fenêtre de l'hôtel, nue, c'est moi qui engendre la ville. Une sirène qui s'approche et de nouveau s'éloigne. Derrière chacune de ces sirènes se cache une histoire plus palpitante que toutes celles qu'il y a dans mes livres, dit Wechsler. Devant l'hôtel il y a des platanes, je peux voir la Seine à travers leur feuillage.

Ma valise rouge est posée sur le lit. Je rassemble mes affaires, je vais d'un côté et de l'autre. Wechsler me regarde, sourit, il joue avec un stylo à bille, prend une gorgée d'eau, se racle la gorge. Oui ? Veut-il dire quelque chose ? Mais qu'est-ce qu'il fait ici en fait ? Je me change, ramasse mon linge sale, vais chercher ma trousse de toilette dans la salle de bain, prends les livres, tout ce papier qui renferme une production, les disques durs, quelques affaires que j'ai achetées, un parfum, *L'Heure bleue* de Guerlain. Je ne mets jamais de parfum, je l'ai uniquement acheté à cause du nom. À une heure bleue, bleu sombre, de la nuit, et une fois passée personne ne sait si elle a été.

Wechsler écrase sa cigarette, fait quelques pas vers la poubelle la plus proche. Je le suis, jette aussi mon mégot. J'aurais envie d'aller prendre un verre avec lui. Il semble réfléchir, hésite.

Tom et Sascha ont enfin rassemblé leurs affaires et viennent vers nous, ils sont à environ cent mètres. Wechsler paraît soudain timide, mal assuré, on voit nettement le bleu maintenant, puis il disparaît. Allons-y, dit-il rapidement. Nous partons effectivement au pas de course. Tom nous crie quelque chose, mais, alourdi par son sac et le trépied, il est plus lent que nous. Je ne me retourne même pas. Je pars avec Wechsler et je ris de soulagement.

Je suis d'excellente humeur d'avoir laissé en plan Tom et Sascha. Je sais que je ne me comporte pas bien, sans raison, ça ne fait qu'augmenter ma joie. J'ai l'impression, comme autrefois quand je séchais l'école, de vivre un peu une aventure. Et Wechsler est mon complice.

Nous sommes assis dans un café sur l'une des îles de la Seine, je bois un verre de vin blanc, du pouilly fumé, Wechsler me l'a conseillé. Il y a toute une histoire sur ce vin, il me la raconte mais elle n'a rien à voir avec notre sujet. Il peut parfois se mettre à parler indéfiniment, sans qu'il en sorte quelque chose, puis soudain il perd tout intérêt pour son sujet et se tait.

Wechsler boit un Ricard, là aussi il y aurait une histoire à raconter. Au début il n'aimait pas, et puis il s'y est mis. Il y a une histoire sur tout, c'est comme les arbres de Mandelbrot où chaque motif contient d'autres motifs encore plus fins, et on a beau agrandir autant qu'on veut, ça n'arrête jamais, une histoire dans l'histoire dans l'histoire dans l'histoire.

La plupart des clients semblent être des touristes, ils boivent de la bière et pourtant tout paraît très authentique. Cette jolie petite place au bord de l'eau avec ses deux arbres, des tilleuls ? La terrasse, les petites tables et les chaises cannées. Le serveur avec son détachement poli, même les pigeons, bien qu'il y en ait vraiment de partout. Mais ici ils sont à leur place. La ville se soucie de nous comme d'une guigne, ça a quelque chose de libérateur.

Je vous ai déjà dit que c'est la première fois que je viens à Paris ?

Et ? demande-t-il, comme si ça l'intéressait.

Ça ressemble exactement à ce que je m'étais imaginé. J'ai l'impression de tout connaître déjà.

Toute la ville ne ressemble pas à ça.

Un moment après, Wechsler dit : Je suis toujours parti. Ça a toujours été ma solution pour me sortir d'une situation désagréable ou difficile. Partir. Tant qu'on peut bouger, il ne peut pas nous arriver grand-chose.

Mais vous vivez ici depuis trente ans, dis-je, depuis trente-trois ans, n'est-ce pas ?

Il ne répond pas.

Plus tard : Je n'ai jamais vraiment cru qu'une femme puisse m'aimer. Que je vaille la peine d'être aimé.

Il dirait ça ? À quelqu'un qu'il connaît à peine ? Ou bien justement à quelqu'un qu'il connaît à peine. Est-ce une tactique ? Est-ce qu'il est en train de me draguer ? Mais il sait certainement mieux s'y prendre. On ne fonce pas comme ça tête baissée.

C'est un peu triste.

En fait non, dit-il, cela aussi a quelque chose de libérateur. La peur est la possibilité de la liberté.

Quelle peur ?

Peur de la solitude.

Vous ne me diriez jamais ça devant la caméra.

Bien sûr que non. Il rit. Je ne suis pas fou.

Je devrais faire un film sur votre vie, je pourrais tout mettre. Toutes ces choses que vous me dites en off, toutes ces choses que je sens mais ne peux pas prouver. Le bleu.

Vous me faites un procès ?

Personne ne vous accuse, si vous ne le faites pas vous-même.

Même pas, dit-il avec un sourire triste.

Thomas a une théorie sur votre relation avec les femmes.

Je n'en doute pas, dit Wechsler. Mais vous ne croyez pas ce genre de bêtises, n'est-ce pas ? Les femmes. Qui sont les femmes ? Est-ce que ça existe, les femmes ? En plus, les films ne sont pas là pour véhiculer des théories.

Ils sont là pour quoi alors ?

Le silence fait plus d'effet que n'importe quel baratin.

Vous allez retrouver votre hôtel ?

Ce serait le moment, mais il ne saisit pas l'occasion. Sans doute trouve-t-il la situation trop compliquée. Est-ce qu'il sait que je suis avec Tom ? Que nous traversons une crise ? Il l'a sûrement senti. Est-ce que le film serait remis en question s'il, si nous... Peut-être que je ne lui plais pas. Est-ce qu'il aime les femmes en jeans et en polaire ? Est-ce qu'il aime les cheveux courts ? Est-ce qu'il aime les hanches larges et les petits seins ? Est-il attiré par les femmes dont on se dit qu'elles ont un chien ? Et est-ce qu'il me plaît ? Ou ne serait-il qu'un trophée ? Est-ce important ?

Mon hôtel est au bord de la Seine. J'ai peu de chance de me tromper.

En remontant ou en descendant la Seine ?

Par là.

Moi, je vais dans l'autre direction. Il me montre l'autre rive. À demain.

Mais il ne bouge pas. Je m'allume une cigarette, attends qu'il s'en aille. Il donne de nouveau l'impression de ne pas être sûr de lui, il attend sans doute que je parte la première. Encore un rapport de force.

Il ne voulait pas qu'on le filme chez lui, il nous l'a bien dit dès le premier entretien préparatoire. Mais il a aussi interdit qu'on nous donne son adresse : le mieux était de le joindre par mail. Quand j'ai voulu lui faire parvenir d'anciens films que nous avions faits, il m'a fallu les apporter au rendez-vous suivant. Le contrat et le reste :

tout devait passer par sa maison d'édition. Nous sommes toujours debout devant le café comme deux comparses qui attendent le bon moment pour intervenir. Tom doit se demander où je suis passée. Je regarde ma montre.

Bon…, dit-il en faisant un mouvement brusque, comme s'il voulait effacer quelque chose, et il part. Au bout de quelques mètres il est pourtant obligé de s'arrêter à un feu. Il se retourne. Je suis toujours là, je lui fais un signe, je souris. Un à zéro pour moi. Maintenant il traverse la rue, alors que le feu est au rouge pour les piétons, assez risqué, une voiture klaxonne. J'ai l'impression qu'il est en train de prendre la fuite.

Je lui ai laissé un peu d'avance puis je le suis. Il a traversé le pont et longé le quai, ce n'est pas un endroit très accueillant, une artère à plusieurs voies, des immeubles un peu délabrés, sans doute des années 1970, quelques arbres.

J'imagine que nous avons le même âge. Non, il est un peu plus jeune que moi. Il vient de publier son premier roman, *Aux marges du sommeil.* Quel est mon rôle ? Peu importe. Non, il me faut un rôle, il faut que ce soit réaliste. Je suis venue à Paris pour faire un portrait de lui, assez court, pour une émission culturelle. Juste quelques minutes, un cameraman sur place, une journée de prises de vue. Mieux encore : je travaille pour la radio. Pas de cameraman, pas d'image, juste nous deux et un magnétophone. On avait quoi à l'époque ? Des minidisques ou des cassettes ? Moi je suis la rédactrice culturelle qui a de l'expérience, lui est le jeune auteur sans expérience. Nous nous sommes donné rendez-vous dans un café, mais il y a trop de bruit, le percolateur, les tasses et les verres, les conversations des autres clients.

On pourrait aller dans ma chambre d'hôtel, c'est calme. Je ris.

C'est assez osé. D'un autre côté, il n'y a pas forcément quelque chose qui se trame. Nous sommes des adultes. Mais il a faim et moi aussi.

Comme vous voulez.

L'hôtel n'est pas loin, nous marchons en silence, lui toujours un pas derrière moi. Je le traîne derrière moi pour ainsi dire.

Les hommes sont autorisés à venir ? me demande-t-il lorsque nous passons devant la réception pour aller vers l'ascenseur. Il a du culot ! Je ne montre aucune réaction.

Une fois dans ma chambre, je vais dans la salle de bain me rafraîchir, ouvre un bouton de mon corsage, me regarde dans le miroir, le referme.

Quand je reviens dans la chambre il est debout à la fenêtre et regarde dehors. Il a de jolies fesses. Il n'y a qu'un seul siège dans la chambre. Je le rapproche du lit. Asseyez-vous. Je m'assieds sur le lit et mets mon casque. Un, deux, trois. Vous pouvez dire quelque chose ? Qu'est-ce que vous avez mangé au petit-déjeuner ? Nos genoux se frôlent.

Le quartier devient de moins en moins accueillant, la rue s'est transformée en une artère à quatre voies qui descend et passe sous une rampe d'accès. Nous marchons sur la piste cyclable entre la chaussée et la Seine. Par chance, Wechsler ne se retourne pas. Il n'y a personne d'autre que nous et j'aurais bien du mal à me cacher. Je laisse un peu plus de distance entre nous. La chaussée remonte après la trémie et tout de suite après Wechsler oblique dans une rue adjacente au bout de laquelle se trouve un grand bâtiment. Ce doit être la gare où nous sommes arrivés, je reconnais la tour avec l'horloge.

Wechsler pénètre dans la gare par une entrée latérale au sous-sol. Je cours pendant quelques pas, saute par-dessus une flaque d'eau, mais lorsque j'arrive dans la gare, je ne le vois nulle part. À gauche c'est le départ des grandes lignes, je prends un escalier qui, de l'autre côté au sous-sol, mène vers les lignes de banlieue. Brusquement je me retrouve dans un hall bas de plafond, rempli de monde avec d'innombrables entrées et sorties, des tourniquets, des panneaux indiquant les différentes lignes de métro et de RER. Wechsler n'est pas là, il a disparu.

Je suis montée dans le hall de la gare, j'ai acheté un café, lu sur les panneaux les destinations des prochains trains, Marseille, Nice, Grenoble, Toulon, il faut que je gagne du temps.

Un jeune couple se dit au revoir devant les barrières. Ils s'embrassent, l'homme porte un énorme sac de voyage, puis il le donne à la femme qui passe ensuite les barrières. Une fois de l'autre côté, elle se retourne et lui souffle un baiser, ce que je trouve un peu ridicule, théâtral. Ai-je jamais envoyé ainsi un baiser à quelqu'un ? Je veux dire de façon sérieuse ?

L'homme a environ mon âge, un peu plus jeune peut-être. En passant devant moi, il me regarde brièvement droit dans les yeux. A-t-il remarqué que je les ai observés, lui et son amie ? Peut-être est-ce sa femme.

Je le suis quand il sort de la gare, cette fois je fais moins attention et je le suis de près, il ne me connaît pas et je n'ai rien à perdre. Je me dis que je devrais me laisser pousser les cheveux. Les jeunes femmes aujourd'hui ont toutes des cheveux longs. Pourquoi pas ?

Qu'est-ce que vous avez mangé au petit-déjeuner ?

Rien.

Nos genoux se frôlent. Il baisse les yeux, regarde mes genoux, pose une main dessus et remonte un peu ma jupe. Je suis inhabituellement passive dans cette situation, je ne sais pas quoi faire du micro, du magnéto, de mes mains. Il faudrait qu'on se lève, ça me donnerait plus de latitude. Nous nous levons, nous nous prenons dans les bras, nous embrassons. Il est un peu plus grand que moi. Il se baisse un peu pour relever ma jupe. Il appuie son bassin contre le mien. Je sens qu'il est excité. Je le suis aussi.

Le jeune homme s'engage sur le boulevard puis, au bout d'un moment, il s'assied à une petite table à la terrasse d'un café. Je m'assieds à deux tables de lui mais il ne me remarque qu'au moment où le garçon arrive pour prendre nos commandes. Je prends la même chose que lui, *la même chose que monsieur*[*1]. Je vois dans les yeux du jeune homme qu'il est en train de se demander où il m'a déjà vue. Puis ça semble lui revenir. Il sourit.

Cette nuit, je suis rentrée tard à l'hôtel. Tom m'a fait une scène. Qu'est-ce qu'il se passe ? Je pensais quoi ? On forme quand même une équipe. Il est effectivement un peu furieux, aussi furieux qu'il peut l'être. Il pourrait presque me plaire à nouveau. J'ouvre la fenêtre, la nuit entre. Debout à la fenêtre, je dirige la ville comme un orchestre. J'embrasse Tom sur la bouche. Ne t'énerve pas. Je vais me doucher puis nous faisons l'amour. Ça faisait longtemps.

Le matin, avant que tout commence, ça aussi c'est Wechsler qui l'a dit ce soir-là au café, l'air frais, les premiers rayons du soleil. Quand tout recommence, quand tout commence, quand tout se poursuit. Encore une citation de je ne sais qui. Il a dit le nom de l'auteur, mais je ne le connaissais pas et j'ai tout de suite oublié. Je ne me suis jamais habituée à me réveiller à côté de quelqu'un, a-t-il dit. Mes relations sont en fait toutes arrivées contre mon gré. Elles m'ont fait du bien, sans elles je n'aurais pas survécu aussi longtemps. Mais je n'ai jamais supporté dans la durée une grande proximité, j'aurais sans doute fait un bon marin, quelqu'un qui aime rentrer chez lui autant qu'il aime partir.

Plus tard : Si j'avais eu le choix, je serais sans doute resté seul à rien faire, juste à observer le monde.

Mais vous avez le choix.

Rester simplement assis dans un café et observer les gens, la circulation, les voitures qui passent, les bus, les vélos, les motos. Et surtout les oiseaux. Et mettre tout ça par écrit. Essayer de saisir un endroit, rien de plus.

Pourquoi les oiseaux ?

Je ne sais pas. Bizarre est le mot qui vient toujours à l'esprit à propos de tout. Tout est très bizarre. Étrange. Ne rien faire, juste attendre et regarder le temps qui passe, et tout écrire, fixer. Le matin.

Le boucher. Tom l'a trouvé et il en est fier. Gentil garçon, tiens, tu auras un petit biscuit. Le boucher est un ami d'enfance de Wechsler, ils sont allés à l'école ensemble. On va le voir le lendemain matin. Wechsler n'est toujours pas là et on a décidé de parler à certaines personnes qui l'ont connu. En fait c'est une entorse à notre accord, mais il ne s'y tient pas non plus. Nous ne sommes pas obligés d'utiliser ce que nous recueillerons. De toute façon c'est mieux de filmer que de passer toute la journée dans cette triste chambre d'hôtel sans savoir quoi faire.

Le boucher. Nous sommes tombés sur lui parce que Wechsler a écrit quelque chose à son sujet dans un journal. Sur la fabrication des saucisses. Il peut passer toute une journée à discuter avec un vieil ami qui fait des saucisses parce que c'est aussi un art, comme écrire des livres. Il a ensuite filé la métaphore. Est-ce un art ? Pas vraiment. Mais il faut bien écrire quelque chose, parfois, quand le temps presse, même si ce n'est pas de la haute voltige. Wechsler rit. Quoi qu'il en soit, Tom a fait hier après-midi tous les bouchers du coin, ils n'étaient pas si nombreux, deux en fait, et il a trouvé lequel des deux était allé à l'école avec Wechsler. Il a un petit commerce de l'autre côté de la ligne de chemin de fer.

Vous étiez ensemble à l'école avec Richard Wechsler ?

Au moment où on lui fixait le micro sur son tablier blanc, je savais déjà qu'il ne dirait rien. Échanger quelques mots avec Tom quand il n'y a personne dans le magasin, c'est une chose. Mais maintenant, il est là devant sa boutique, un micro sous le nez, une caméra face à lui. Il dit bonjour à tous ceux qui passent. Les gens font des réflexions idiotes, du genre : Tu passes à la télé ? Tu as fait une bêtise ? Tu as gagné un prix pour tes saucisses ? Son sourire timide, son sourire appliqué. Bien sûr qu'il trouve tout ça gênant, mais ce sont aussi ses clients.

Étrange que les gens se taisent dès qu'il faut faire un essai avec le son. Ils bavardent toute la journée, mais quand ils doivent dire quelque chose à la demande, les voilà muets comme des carpes. Pour ma part, je leur demande ce qu'ils ont mangé au petit-déjeuner. Wechsler peut alors dire : Rien. Et se taire de nouveau. Le boucher, lui, a mangé quelque chose au petit-déjeuner.

Plus tard j'ai regardé la prise de vue au ralenti. C'était fascinant de voir comment les émotions se succédaient à toute allure sur son visage, on aurait dit que ses traits bougeaient comme des bourrasques. Gêne, étonnement, timidité, cet effort qu'il faisait pour essayer de se souvenir, puis brusquement plus rien, presque du défi, je ne vais rien leur dire à ces deux-là.

Il a effectivement dit très peu de choses. Seulement qu'il est allé à l'école avec Wechsler. Ce dernier était bon élève, blagueur mais renfermé aussi. Il était soit au centre de l'attention soit tout seul, jamais il ne suivait le mouvement. Ils ont aussi joué au ping-pong ensemble. En fait personne ne savait grand-chose à son sujet. Puis le boucher utilise un mot étonnant. Il dit : Wechsler était très minutieux. En tout. Tom laisse passer le mot sans le reprendre, on voit bien qu'il est cameraman et pas journaliste.

A-t-il lu un livre de Wechsler ? Le boucher rit en secouant la tête. Je ne suis pas un grand lecteur.

Le boucher raconte une histoire : une fois il était avec Wechsler, un ami et une amie à Paris, trois hommes donc et une femme. Ils habitaient encore tous au village, mais Wechsler avait déjà fait des séjours à Paris, le boucher est assez évasif là-dessus. Peut-être ne se rappelle-t-il effectivement plus. Ou bien Wechsler habitait-il déjà à Paris à cette époque ? Mais dans ce cas ils ne seraient sûrement pas descendus à l'hôtel. Ils sont allés dans un restaurant où on mangeait d'énormes entrecôtes de cinq cents grammes.

Même pour moi ça faisait un peu beaucoup, dit le boucher en riant. Mais c'était de la très bonne viande. Les Français ne coupent pas la viande comme nous.

La femme, c'était la petite amie de Wechsler ? demande Tom. Il a insisté pour faire l'interview, après tout c'est lui qui a trouvé le boucher. Moi je tiens la caméra. D'habitude c'est son travail, mais nous avons toujours fait en sorte qu'il puisse mener de temps en temps une interview. Il sait s'y prendre avec les gens simples. Parce que je suis comme eux, il le répète tellement souvent que plus personne n'y croit. Des gens simples, ça veut dire quoi ? En tout cas ce n'est pas simple avec le boucher, je m'en suis tout de suite rendu compte. On était juste amis, dit-il, des camarades de classe. Pourquoi devrait-il se mettre à raconter. Quel avantage pour lui ? Je vois dans son regard qu'il nous cache des choses. Il se contente de rire.

Ce qu'il ne dit pas : ils avaient pris deux chambres doubles. Ils avaient tiré au sort pour savoir qui irait avec qui. Wechsler était avec la fille dans la même chambre. Elle lui avait dit : Quoi qu'il arrive, nous resterons amis. Le lendemain, ils étaient dans un musée et le boucher avait surpris Wechsler et la fille en train de s'embrasser.

Ils étaient restés un peu en arrière, le boucher cherchait des toilettes ou je ne sais quoi, quoi qu'il en soit il avait fait demi-tour, et arrivé à un coin il avait vu les deux en train de s'embrasser passionnément. Il fit aussi volte-face comme s'il n'avait rien vu. Mais Wechsler l'avait remarqué. Ça, le boucher se garde bien de nous le dire. Comment je le sais ? La scène est reprise dans un des livres de Wechsler. Savoir si c'est vrai ? C'est un peu invraisemblable, mais l'idée est belle.

Nous étions seulement amis, dit le boucher. Il a un petit rire embarrassé, salue par son nom une femme qui passe et enlève le micro de son tablier.

Qui dit que c'est la femme qui revient dans tous ses livres ? Cet amour de jeunesse ?

Tom a demandé au boucher le nom des amis qui étaient avec lui à Paris, au moins ça. Ce dernier a esquivé d'un éclat de rire en disant que ça remontait à une éternité. La jeune femme était la fille du pasteur, a-t-il dit en riant encore une fois, mais ce n'était pas un rire inconvenant, plutôt un rire étonné. Elle s'appelle Judith. Évidemment, c'est le nom des filles de pasteur. Dans l'histoire de Wechsler, elle s'appelle autrement. Et le boucher n'est pas boucher non plus. Et il n'est pas le narrateur.

À midi il s'est remis à pleuvoir. Ce serait un autre film s'il ne pleuvait pas, drôle d'idée. L'important n'est pas ce village, ce n'est pas cette journée et surtout pas le temps qu'il fait, et pourtant je suis convaincue que le film prendrait une autre tournure si le soleil brillait aujourd'hui.

Nous sommes donc restés à l'hôtel. Tom est de nouveau assis sur le lit, moi je me suis installée dans le fauteuil près de la fenêtre. Je fais des recherches sur Internet et trouve effectivement une liste de tous les pasteurs qui se sont succédé ici depuis le Moyen Âge. La liste commence au XVIe siècle, c'est assez impressionnant. Quelqu'un a exercé ici son sacerdoce de 1968 à 1981, ce doit être le père de la jeune fille en question. Je cherche son nom sur Google, trouve quelques notes à son sujet, rien d'intéressant, toujours pasteur quelque part, membre de telle ou telle commission, sur Google Books un petit extrait d'un article de l'Association pour l'histoire du lac de Constance et de ses environs datant de 1976, mais où on ne trouve que des listes de lieux et de noms... M. Müller de Tägerwilen, M. Rutishauser de Steckborn, M. Gemperli de Diessenhofen, M. Good de Hüttlingen, M. Dantz de Hörhausen, M. le pasteur Imbach... Et pour finir un avis de décès se terminant par une citation du pasteur lui-même, dont l'origine n'est pas mentionnée. Ses dernières paroles ? Une lettre à ouvrir en cas de décès ? « Tout cela a fait partie de ma vie : cette immense richesse de pouvoir prendre, de pouvoir donner et de pouvoir voir. J'écris ces lignes avec un profond sentiment de gratitude pour Celui qui m'a fait don de tout cela et en repensant aussi avec gratitude à toutes les personnes avec qui il m'a été permis de partager ces chemins. »

Cela me rappelle quelque chose, mais je ne sais pas quoi. Un homme fait le bilan de sa vie face à la mort. Ça me revient : le journal de l'explorateur Robert Falcon Scott, les dernières phrases qu'il a écrites quand il s'est rendu compte, en revenant du pôle Sud, qu'il ne pourrait continuer et qu'il allait mourir : Dehors devant la tente le paysage n'est que bourrasques et tourbillons de neige. Nous ne pouvons plus nous attendre à une amélioration. Mais nous tiendrons jusqu'à la fin ; la mort ne peut plus être très loin. C'est désolant, mais je crois que je ne suis plus capable d'écrire davantage. Prenez soin de nos hommes !

Le pasteur n'a rien à voir avec le film, avec Wechsler. Je suis en train de perdre mon temps. Mais au moins j'ai le nom et le prénom de la jeune fille. Si elle ne s'est pas mariée. À l'époque les femmes prenaient encore le nom de leur mari, j'ai toujours trouvé ça bizarre. Si c'est le cas, il sera quasiment impossible de la retrouver.

Je cherche le nom, quelques résultats. Une certaine Judith Imbach a gagné, il y a quatre ans, dans le concours de sudoku d'un magazine clients, un bon d'achat de plus de cent francs suisses. Une autre femme portant ce nom apparaît dans le supplément du *Dictionnaire encyclopédique de la Confédération helvétique* de Johann Jakob Holzhalb paru en 1795. Elle apparaît dans une longue énumération des membres de la famille Uttinger ou Uttiger, Franziskus Johann Jakob, fils aîné, né en 1712, chapelain de la chapelle de la vielle cité de Cham, marié à Judith Maria Imbach, qui lui a donné six filles et quatre garçons, dont trois sont morts en bas âge. Une autre, Judith Imbach, est décédée il y a sept ans à l'âge de 92 ans, ce ne peut pas être elle. Elle a été rappelée à Dieu qui tient notre vie dans Ses mains en Sa nouvelle vie de résurrection. Nos sincères condoléances pour la famille.

La messe d'enterrement a eu lieu dans l'église paroissiale d'Inwil, catholique, même la religion ne correspond pas.

Je cherche Inwil sur Google, le village est au centre de la Suisse, une région où je ne suis jamais allée. Le nombre d'habitants a été multiplié par dix durant les cinquante dernières années. Un autochtone dit qu'il ne peut se réjouir de cette évolution, il se rappelle encore le temps où le village ne comptait que quatre cents personnes et où l'on savait toujours qui avait mal au ventre ou mal aux dents.

Que serait devenu Wechsler s'il était né là-bas ? Une autre vie, une autre personne. Il serait peut-être devenu comptable ou pasteur ou policier.

Tu fais quoi ? me demande Tom, toujours assis sur le lit.

Il lit un livre de Wechsler, *Tous les jours de ma vie*, paru il y a cinq ans, le dernier vrai livre qu'il a publié. Rien à en tirer qui pourrait être utilisé. Ce sont toujours les mêmes scènes qui apparaissent dans ses livres, les mêmes endroits, le village de son enfance, Paris, à part ça des lieux qui n'ont pas de nom, province profonde, agglomérations, paysages industriels et cours d'eau, rivières, lacs, étangs. Et très souvent cette femme, cet amour de jeunesse qui semble l'obnubiler. En fait il est étonnant que des gens lisent ça.

Je regarde les annonces de décès.

Tom hausse les sourcils mais ne dit rien. Il a posé son livre et ouvert son portable.

J'ai fermé la page avec les annonces de décès et je cherche sur Google quelques-uns de mes anciens amants. Savoir ce qu'ils sont devenus ! L'un apparaît sur la page d'un club de golf. Il s'est empâté. Un autre travaille dans le domaine des médecines alternatives, ces thérapies qui ont toutes des noms de sport de combat et que je n'arrive jamais à démêler. Il présente toujours bien ; mais il était tellement jaloux que j'ai mis un terme à notre relation. Je regarde le temps qu'il fait à Paris. Légères averses, quatorze degrés.

Tu savais qu'il y avait plus de six cents sortes de pâtes différentes ? dit Tom.

Il commence à compter : spaghettis, cannellonis, pappardelle, fusillis, orecchiette. Il compte sur ses doigts comme un enfant. Des nouilles de riz, des vermicelles chinois, des nouilles udon. Fini.

Si tu arrives à trente, tu auras une glace.

Je regarde le temps qu'il fait à Moscou, New York, Los Angeles, Buenos Aires, Ouagadougou, même si je ne sais absolument pas où ça se trouve.

Deux Suédois… non, un Suédois et un Franco-Allemand ont réalisé un film sur des gens qui sautent pour la première fois depuis un plongeoir de dix mètres, dit Tom. On aurait pu avoir cette idée. Ils montrent juste le plongeoir et les gens qui sautent. Ou ne sautent pas. Je t'envoie le lien.

Le temps à Kuala Lumpur, à Tokyo, à Sydney. Le temps au pôle Sud. La température la plus haute se situe à cinquante-huit degrés au-dessous de zéro. La nuit elle tombe à moins soixante degrés. Précipitations prévues : aucune. Heures d'ensoleillement restantes : zéro.

Tom me dit qu'il va sortir pour faire des prises de vue dans le village, capter l'atmosphère, la place du marché, l'école, les vieilles personnes, les jeunes, un chat sous la pluie.

Au moment où il passe la porte, je lui crie : Des oiseaux. Fais des prises de vue avec des oiseaux. Wechsler adore les oiseaux.

Les Suédois. J'ai trouvé une interview qu'ils avaient donnée. Des noms impossibles à se rappeler, surtout celui qui n'est pas suédois du tout, un Belge ou un Français. Axel, le vrai Suédois dit : J'en avais assez de forcer la réalité pour la faire rentrer dans des histoires et je cherchais une forme où l'image se suffirait à elle-même. Il dit : Quoi qu'il en soit, je ne veux pas refaire un film où je mens sur la vie. Un protagoniste, un antagoniste, un conflit, une histoire, une morale. Tout est traité selon ce schéma.

Est-ce que c'est ce que nous sommes en train de faire ? Le protagoniste : Wechsler. L'antagoniste : la femme mystérieuse ? ou le temps qui passe ? Et le conflit ? La mort ? L'histoire ? La morale ? Est-ce une solution de montrer des gens qui sautent du plongeoir de dix mètres ? Ou ne sautent pas ?

Mais je comprends les Suédois, ou plutôt le Suédois et le Belge. J'ai aussi parfois cette impression. Trop d'histoires partout, toutes construites de la même façon, *plot point* 1, *plot point* 2, dénouement. N'importe quelle foutue publicité pour voiture se fend déjà d'une histoire. Le paradis, ce serait l'endroit où il n'y a pas d'histoires.

Des mails, des mails, des mails, la productrice a écrit, Sascha, la femme qui fait le son. Le bailleur. Il me veut quoi ? Qu'on aère régulièrement ? C'est quoi ça ? Parfois je n'ai tout simplement pas la force de répondre à tous les mails. Et moins je réponds, plus il y en a, et moins j'ai la force de répondre, même à un seul. Y a-t-il une forme superlative de moins ? Encore moins ? Mais lister toutes les sortes de nouilles ? Je n'en suis pas encore là.

Retrouver la femme est un jeu d'enfant. Elle vit ici dans le village, elle est mariée comme je le supposais, mais elle a gardé son nom de jeune fille. Elle est pasteure comme son père.

J'étais incapable de rester plus longtemps enfermée dans la chambre d'hôtel, en plus il pleuvait moins et Tom était toujours à la chasse de photos d'atmosphère. Je suis allée dans la rue et je me suis adressée tout simplement à des gens, un peu âgés, dont je pouvais supposer qu'ils se souvenaient du pasteur. C'était le cas.

Le pasteur Imbach. Et une vieille femme, une vraie vieille femme avec déambulateur et tout le tintouin, dit que sa fille était maintenant pasteure au village. Je lui pose aussi des questions sur Wechsler, elle le connaît de nom mais elle n'a jamais lu un livre de lui. Non, dit-elle en faisant un geste de dénégation et en riant, comme si je lui avais demandé si elle avait déjà sauté du plongeoir de dix mètres. Je connaissais ses parents, dit-elle. Des gens agréables, discrets. Le père était professeur dans le secondaire. Je le savais déjà.

Page d'accueil de la paroisse évangélique. Parole du mois : Vous avez beaucoup semé, mais vous récoltez peu ; vous mangez, mais vous n'êtes pas rassasiés ; vous buvez, mais vous n'êtes pas désaltérés ; vous êtes vêtus, mais vous n'avez pas assez chaud ; le salaire de celui qui travaille tombe dans une bourse percée. Aggée 1:6. Ma foi, voilà un message réjouissant.

Quand on était enfants, on était obligés d'apprendre par cœur les noms de tous les livres de la Bible, il y avait une petite phrase qu'on pouvait utiliser comme pense-bête. Moïse, Josué, Juges, Ruth et deux de Samuel. Mais le livre d'Aggée ? Il fait partie des apocryphes ?

Ici. Contact. Paroisse. Elle est dirigée par trois pasteurs. Un homme et deux femmes. La voilà, Judith Imbach. Une belle femme, à peu près de l'âge de Wechsler. Des cheveux poivre et sel qui lui tombent sur le visage, des yeux bleus, un sourire chaleureux. Il y a même son numéro de portable.

Il est déjà cinq heures mais on peut essayer quand même, les pasteurs n'ont pas des horaires de fonctionnaires. Une voix rompue à l'amabilité me répond. Je dis à la femme de quoi il retourne. Un film sur Richard Wechsler. Un silence qui est plus que du silence. Ou plutôt : moins. Le silence est le degré zéro du bruit, mais ce silence a quelque chose d'une ventouse, comme s'il pouvait attirer et aspirer les paroles. Sillage de l'attente.

Elle s'est dit d'accord pour me rencontrer, aujourd'hui, maintenant. Nous ne restons pas longtemps au village, ai-je dit. Bien. Vous voulez passer dans mon bureau ? Rue de l'église. Évidemment.

Je suis là dans cinq minutes.

Ce fameux soir au café, nous avons aussi parlé de religion, Wechsler et moi. Il est étonnant de voir le nombre de sujets que l'on peut aborder en l'espace de quelques heures. D'un autre côté c'était surtout lui qui parlait, moi j'écoutais. Mais ce n'était pas le bavardage habituel des vieux mâles blancs qui nous expliquent le monde, à nous les femmes. J'avais plutôt l'impression qu'il pensait tout haut et que j'étais en train de l'écouter. Telle était la répartition des rôles : il s'explique, j'enregistre. Après tout, c'est moi qui suis censée réaliser un film sur lui, pas l'inverse.

Il disait qu'il était fasciné par les grands sentiments, et où en trouvait-on encore aujourd'hui dans le monde occidental ? Dans l'amour, la maladie et la mort, et la religion. Parfois aussi en politique, mais alors uniquement chez les fous, et ils n'étaient pas intéressants. Les textes ont besoin de sentiments, c'est le carburant qui maintient les histoires en mouvement.

Peu importe le sentiment ?

Peu importe le sentiment. L'essentiel, c'est qu'il soit grand et inconditionnel.

Savoir s'il a jamais eu des doutes sur le fait de raconter des histoires, comme les deux Suédois ? J'aimerais bien lui poser la question. Ce serait quel genre un livre où des gens sautent d'un plongeoir de dix mètres ? Un peu ennuyeux peut-être ?

J'ai lu dernièrement un récit de Wechsler, il se trouvait dans une anthologie qu'il nous avait donnée. Le texte décrivait de façon minutieuse une vidéo YouTube. Chaque mot prononcé, le moindre petit geste, chaque expression des visages. Il s'agissait d'un numéro diffusé dans l'émission *Britain's Got Talent*. Non, en fait il s'agissait de deux numéros qu'il avait mis en face à face, deux candidats, deux fois la même histoire, le même conte de fées : une petite Cendrillon qui devient une superstar.

Une fois racontée par une Écossaise au chômage et une autre fois par un vendeur de téléphones portables originaire du pays de Galles. J'ai oublié les noms. Pour être honnête, j'ai trouvé cette histoire passablement ennuyeuse.

Et plus tard, dans un autre contexte : il trouvait la religion toujours un peu gênante. C'était là sa qualité la plus marquante. Malgré tout il trouvait fascinant que des gens raisonnables puissent croire à ces choses-là, Dieu, la Création, la Résurrection, les miracles. Se dire que des gens intelligents qui comprennent comment fonctionne un moteur à allumage par étincelle ou qui maîtrisent le calcul différentiel, des gens cultivés qui connaissent leurs classiques, croient à ce genre de choses. Là, il faisait un blocage. Savoir s'il avait pensé à sa pasteure en disant cela ?

Je ne lui ai pas demandé en quoi il croyait et il ne me l'a pas demandé non plus. Il me semblait que pour lui Dieu n'avait d'intérêt qu'en tant qu'idée, une idée, une variable dans ses constructions mentales, un personnage dans une histoire.

L'existence de Dieu ne changerait absolument rien, disait-il. Avant que vous veniez au monde, la vie n'est rien, c'est à vous de lui donner un sens, et sa valeur n'est rien d'autre que le sens que vous avez décidé de choisir. Encore un verre de vin ?

En me rendant chez la pasteure, je vois effectivement Tom en train de filmer un chat. Ah, Tom !

Cette impression que, tant que nous parlons, elle ne dira rien.

Elle m'a tout de suite proposé qu'on se tutoie, elle pensait peut-être que nous étions amis, moi et Wechsler, que nous appartenions au même milieu. Elle est malgré tout sur ses gardes. Elle veut que je lui en dise plus sur le film, peut-être pour gagner du temps.

Le concept du film. Ma foi, c'est quoi le concept de ce film ? Je pourrais reprendre ce qui est dit dans le dossier de présentation qui a servi à demander des aides : Notre film présente Richard Wechsler dans sa patrie élective, Paris, et l'accompagne ensuite dans un voyage qui le ramène dans le village de son enfance. Nous rencontrons des compagnons de route et nous nous entretenons avec des spécialistes de littérature à propos de l'œuvre de Richard Wechsler. Dans des séquences plus longues, des interviews, l'auteur nous parle de son écriture et de sa vie, et nous fait participer à l'élaboration d'un nouveau roman, de l'idée initiale jusqu'au livre terminé. Mais est-ce vraiment le film que nous sommes en train de réaliser ? Quand nous lui avons posé des questions sur sa vie, il a dit : Pourquoi vous voulez savoir ça ? Interrogez le premier venu dans la rue et je suis sûr qu'il aura une vie tout aussi intéressante que la mienne. Vous croyez que c'est ma vie qui fait de moi ce que je suis ? Vous croyez que c'est sa vie qui fait de quelqu'un ce qu'il est ? Et après ?

Et son nouveau roman ? Il n'aime pas parler des livres sur lesquels il travaille. Mais comment il procède ? Dans une conversation, je crois que c'était sur les quais de la Seine, le fameux jour où nous avons faussé compagnie à Tom et Sascha, il a dit comment il travaillait. Il ne fait jamais de plan. Ce qui arrive dans un livre, il ne le sait qu'au moment où il l'écrit. C'est essentiel, c'est la seule façon de donner vie à une œuvre. Elle doit grandir et s'inscrire dans le monde comme un organisme. Les moments les plus beaux, c'est quand une histoire prend une tournure totalement inattendue, à l'image de la vie elle-même.

Si Wechsler mourait, me dis-je soudain, ce serait là une tournure inattendue. En plein milieu du tournage, paf ! il est mort. Écrasé par un bus à Paris, sur le chemin de la gare, s'effondrant à une station de métro, mort d'un infarctus, comme ça, poignardé lors d'un braquage. Il faut que je consulte Google une fois rentrée à l'hôtel. C'est peut-être pour ça qu'il n'est pas venu.

Nous commençons par recueillir des matériaux sur lui, sur sa vie, nous parlons avec lui, avec des gens qui le connaissent, qui l'ont connu. Puis on regarde ce qu'on peut en tirer, comment on peut combiner tout ça pour en faire quelque chose qui ait du sens.

La pasteure esquisse un sourire prudent.

Quelque chose qui ait du sens ? Et comment êtes-vous tombée justement sur moi ?

Nous avons entendu dire que vous étiez amis. Nous cherchons des gens qui l'ont connu quand il était jeune, avant qu'il ne devienne écrivain.

Nous avons entendu dire que vous aviez eu une liaison. Je ne le dirai pas, bien sûr. On ne dit pas ça à une pasteure. À personne d'ailleurs.

Si tu es disposée à parler avec nous, je m'arrangerai avec le cameraman et nous pourrions filmer un petit entretien, aujourd'hui ou demain.

Mais je n'ai aucune envie que Tom soit là. Je veux être seule avec elle. Elle me plaît, notre connivence me plaît, cette conversation tranquille et confiante sans l'œil indiscret de la caméra. Je comprends que Wechsler soit tombé amoureux d'elle. Pour autant qu'il l'ait été.

Je regarde autour de moi. Le bureau n'est pas particulièrement attrayant, comme tous les bureaux. Des meubles modernes en bois clair, peu de papiers éparpillés, elle est ordonnée, une plante en pot ennuyeuse mais étonnamment en forme, des rayonnages remplis de dossiers bien étiquetés. Elle a une grande écriture généreuse. Au moins il n'y a pas de paroles bibliques sur les murs, ça me rend allergique. Non, juste quelques photos d'assez beaux paysages, sans doute prises par un amateur plein d'ambition.

C'est toi qui les as faites ?

Mon mari.

Il est photographe ?

Pure flatterie. S'il était photographe, les photos seraient meilleures. Ça se voit surtout à cause de la lumière. Et à la qualité des tirages.

Il est professeur de technologie au lycée. Et il enseigne aussi le sport.

Dans l'établissement où a travaillé le père de Wechsler ?

Ils ont tiré les chambres au sort. Il y a un bref moment de gêne. Les trois hommes sont tous un peu amoureux de cette femme, comme peuvent l'être les jeunes gens, pas vraiment sérieusement mais passionnément. La testostérone.

Le soir ils sont allés dans ce fameux restaurant où le boucher a mangé son énorme steak. Ils ont tous un peu trop bu, même Judith. Ils ont tous autour de la vingtaine.

Dans la chambre il y a juste un lit double, plutôt *queen size* que *king size*. En le voyant, Wechsler a le cœur qui se met à battre la chamade. A-t-il déjà couché avec une femme ? Peut-être. Est-ce que Judith a déjà couché avec un homme ? Certainement. Elle va d'abord à la salle de bain et n'y reste pas longtemps, quand elle revient elle porte un pyjama. Peut-être une chemise de nuit, mais sûrement rien d'affriolant, elle n'en a pas besoin à son âge. Et elle trouverait certainement cela gênant. C'est au tour de Wechsler d'aller dans la salle de bain. J'éprouve une sensation bizarre à me l'imaginer en jeune homme, un peu intrusif. C'est son affaire. Mais peu importe.

Il porte juste un T-shirt et un caleçon. Judith est déjà au lit, il s'allonge à côté d'elle, à distance respectueuse, aussi loin que le permet le lit étroit. Elle éteint la lampe de chevet. Il retient sa respiration, tellement il est anxieux. Va-t-il oser faire le premier pas ? Sans doute pas. Soudain il sent sa main sur son bras. Elle dit : Quoi qu'il arrive, nous resterons amis.

Tant qu'elle racontera, elle ne dira rien. Elle parle de sa scolarité qu'elle a faite dans le même lycée que Wechsler, elle dit qu'il a toujours beaucoup lu, qu'il était le pitre de la classe, mais qu'il avait aussi un côté renfermé. Elle avait toujours eu un peu peur de lui parce qu'il pouvait se fâcher. Il devenait blessant par manque d'assurance. Au lieu de me dire qu'il était amoureux de moi, il se moquait de ma coiffure ou de la façon dont je m'habillais. Il faut dire qu'à l'époque on avait vraiment des coiffures horribles et de drôles de robes. Elle parle de ses professeurs, raconte des anecdotes, les mêmes qu'un peu partout. Wechsler avait raison, sa vie n'en dit pas beaucoup sur lui. Et elle n'est pas particulièrement intéressante. Ou alors seulement pour lui.

Avait-il une petite amie ?

Elle hésite. Ce n'était pas comme ça à l'époque, personne n'avait de petite amie. Presque personne. Nous avons tous passé beaucoup de temps ensemble, bien sûr que tel ou tel était amoureux d'une fille, ou telle fille d'un garçon, mais il n'y avait pratiquement pas de couples dans notre cercle.

Peu vraisemblable.

Vous avez une belle église. Une église qui n'est pas banale.

Elle semble soulagée qu'on passe à un autre sujet.

Tu veux que je te la montre ?

Elle semble avoir tout son temps. Cela me convient. Je n'ai rien de prévu. Et Tom ne va pas disparaître. Au moment où mon portable sonne, j'appuie sur le bouton de refus d'appel.

Je m'attendais à ce qu'elle continue à parler, à ce qu'elle me raconte l'histoire de l'église, attire mon attention sur les vitraux Art nouveau, la couleur insolite des bancs ou les sculptures sur les côtés de l'autel, les ornements floraux, les deux anges avec leurs grandes trompettes. Je vous laisse la paix, je vous donne ma paix. Mais elle se tait.

Nous sommes entrées dans l'église par une porte latérale, nous nous trouvons maintenant dans l'allée centrale et regardons sans rien dire l'autel et la chaire. Ce silence particulier aux églises, cet écho, alors que tout est silencieux. J'ai l'impression que l'édifice respire lentement. Ou est-ce le souffle de Dieu ?

C'était exactement comme dans son livre. Elle ne le dit pas, mais je peux le sentir. Ils se sont aimés durant cette nuit à Paris et ils ont continué durant les jours qui ont suivi, avec la fougue et la passion propres aux jeunes gens, mais ça s'est arrêté là. Il y a tant de raisons qui font que des relations échouent ou même ne se réalisent pas. C'était un jeune homme plein d'ambition, il allait à Paris alors qu'elle était fixée en Suisse à cause de ses études. Elle avait quelqu'un d'autre, il avait quelqu'un d'autre. Il y a bien dû avoir une raison. Et puis elle a fini par épouser le professeur qui se piquait de photographie, elle a fondé une famille et eu des enfants avec lui. A-t-elle eu des enfants ? Elle a pris un premier emploi, a suivi différentes formations, a occupé çà et là d'autres emplois avant de trouver celui-ci. Elle a bien réfléchi pour savoir si elle voulait revenir là où elle avait passé son enfance avant de se décider. Elle a emménagé avec sa famille dans le presbytère où elle a passé son enfance, ou bien ils ont acheté ou loué une maison. Ils sont partis en vacances, ils ont acquis différentes choses, ont eu des hauts et des bas. Et pendant ce temps Wechsler était à Paris en train d'écrire ses livres, vivant des liaisons dont il ne nous dit rien, ne cessant d'écrire sur cette femme qu'il n'a pas eue. Je suppose que ni lui ni elle ne nous en diront davantage à ce sujet.

Est-ce là l'histoire de notre film ? Un écrivain qui n'arrête pas d'écrire sur un amour de jeunesse sans suite, un cas banal que tout le monde a connu ? Est-ce là quelque chose qui a vraiment du sens ? L'espace d'un instant je me demande si Wechsler a voulu que nous trouvions Judith. Si c'est ce qui explique son absence : nous laisser du temps pour la retrouver, entrer en contact avec elle, pour lui. Mais c'est trop tiré par les cheveux, il n'est pas aussi subtil. Il n'est pas subtil, il est même parfois assez long à la détente.

Je prends la main de Judith, je ne sais pas pourquoi. Elle ne semble pas être étonnée, elle tient fermement ma main comme je tiens la sienne. Et on reste là toutes les deux, main dans la main, sans rien dire.

Décide-toi et ensuite ne change plus d'avis, dit la fille blonde. D'accord ?

Un garçon aux cheveux blonds, coupés court, avec un maillot de bain bleu et un pendentif autour du cou qui ressemble à une plaque d'identité militaire regarde en bas depuis le plongeoir. Il se gratte la tête. La fille à côté de lui n'est pas particulièrement mince, elle porte un maillot de bain du même genre que le sien, sauf qu'il est rouge avec un haut à rayures rouges et blanches. Ses cheveux qui retombent sur son épaule droite sont un peu plus clairs que les siens. Elle le regarde d'un air sceptique puis sourit. Le garçon se tourne vers la fille et lui montre des deux mains l'autre côté du plongeoir.

Je ne vais pas prendre d'élan, voilà ce qu'on comprend.

La fille s'est approchée de lui, elle sourit. Elle n'arrête pas de se triturer le bout des doigts.

Si je saute, c'est de là.

Tu nages vers l'échelle et je saute après, dit la fille en lui montrant où il doit aller après avoir sauté. Elle le regarde d'un air interrogateur.

Tu veux vraiment sauter ? demande-t-il en passant la main dans ses cheveux.

Ou tu vas te dégonfler ?

Ce n'est pas impossible.

Ils ont tous les deux un rire gêné.

Si je vois que tu te fais mal, pas de façon grave mais… si tu ne perds pas un bras…

Le garçon lève un bras comme pour illustrer ce que la femme vient de dire.

Si tu dis : Frida laisse tomber, je laisse tomber.

Frida essaye de s'expliquer, elle monte et baisse les mains devant sa poitrine, cherche ses mots. Elle fait un pas dans sa direction. Il regarde le bassin en bas, comme hypnotisé, il ne dit plus rien. Il y a un moment de silence puis Frida demande : Mais pourquoi tu as sauté du plongeoir de cinq mètres tout à l'heure ?

Aucune idée, dit le garçon qui montre le vide. C'était quand même bien moins haut !

Il a un rire incrédule. C'est loin d'être aussi haut que celui-ci.

Frida essaye d'arranger ses cheveux avec ses deux mains.

Le garçon s'approche tout près du bord du plongeoir, regarde en bas et se dit à lui-même : Allez, Linus, quand faut y aller, faut y aller.

Frida met une main devant sa bouche, comme si elle voulait se ronger les ongles, mais elle fait juste glisser ses doigts sur ses lèvres.

Tu fais ça pour toi, tu te sens comment ?

Je ne t'écoute plus, dit Linus.

OK, OK, dit Frida en reculant d'un pas. Linus se retourne brièvement vers elle, fait un mouvement rapide de la main comme s'il voulait lui taper sur l'épaule.

Non, continue à parler, mais je ne suis pas vraiment là.

Frida joint ses mains. Et si je sautais la première ?

Non, je veux sauter le premier, dit Linus d'un ton décidé accompagné d'un geste des deux mains. Si c'est d'accord pour toi.

Frida lui adresse un sourire apaisant et un regard d'encouragement. Linus claque des doigts, il est nerveux. Je vais sûrement crier comme un dingue, dit-il.

Moi aussi, dit Frida.

Mes genoux tremblent, dit Linus. Il se penche en avant, prenant appui des deux mains sur ses genoux. Frida imite sa façon de se tenir, se redresse, plie une jambe en arrière et tient solidement sa cheville avec la main, puis fait la même chose avec l'autre jambe.

Je voulais sauter et mes genoux s'en sont rendu compte, dit Linus.

Frida rit.

Il y a un élastique à cheveux qui flotte là, dit Linus en montrant quelque chose en bas.

Oh ! dit Frida en faisant un pas vers le bord du plongeoir. Elle ondule un peu avec les hanches.

C'est quand tu as décidé de sauter que tes genoux se sont mis à trembler ?

Quoi ? Désolé, je n'écoutais pas. Mais ta voix est apaisante.

Frida inspire profondément et expire.

Bon… c'est maintenant ou jamais, dit Linus.

Attends, on a dit quoi ? demande Frida. Si tu sautes, je saute aussi ?

À la vie, à la mort, Frida, dit Linus en la regardant.

Elle rit, tourne un peu le pied de façon coquette en tenant ses deux mains pressées contre sa poitrine. Elle fait mine d'être triste, aspire de l'air comme si elle sanglotait. OK.

Elle le regarde avec un mélange d'émotion et de taquinerie et dit tout doucement, tendrement : Fais attention.

Je te revois de l'autre côté, dit Linus, le regard dirigé vers le bas. On se revoit au ciel.

Au ciel, dit Frida.

J'y vais, Frida.

Oui, oui, dit Frida avec enthousiasme. Elle a les deux poings serrés et les agite de haut en bas, pour donner du courage à Linus. Courage, c'est super.

Linus fléchit un peu les genoux et saute. Au moment de tomber, il pousse un grand cri. Frida regarde le bord du plongeoir où était Linus. Quand on entend le bruit de l'eau, elle rit, soulagée. Elle écarte les bras, s'approche du bord et regarde en bas. Elle crie, frappe plusieurs fois dans ses mains, fait signe à Linus de s'écarter, ouvre la bouche sans proférer le moindre son.

Oh, mon Dieu ! lance Linus d'en bas.

Ne dis rien, ne dis rien, crie Frida.

Elle fait deux pas en arrière, dégage les cheveux de son front. Elle lève les deux mains comme une cheffe d'orchestre qui demande l'attention de tous. Elle fait deux pas rapides en avant, se bouche le nez et saute.

À la vie, à la mort, a dit Linus à Frida, sans doute par plaisanterie, mais quelle phrase ! Et : On se revoit de l'autre côté, on se revoit au ciel. Je ne sais pas si les deux sont amoureux ? S'ils sont faits l'un pour l'autre. Leur amour tiendra-t-il jusqu'à la mort ? Ou est-ce simplement du bavardage, histoire de dire quelque chose ? Deux jeunes gens batifolent dans la piscine, à ce moment un cinéaste les aborde, les convainc de se mettre dans cette situation existentielle et les voilà au bord du vide, et ils se rendent compte qu'ils sont faits l'un pour l'autre. Je les imagine le soir à l'arrêt de bus, les cheveux encore mouillés. Ils ne disent rien, ce qu'ils viennent de vivre est profondément ancré en eux, pas le saut, mais les moments qu'ils ont passés ensemble là-haut sur le plongeoir. Linus prend la main de Frida puis la lâche quand le bus arrive. Une fois arrivés, ils habitent dans une colocation, ils mettent leurs affaires mouillées à sécher dans la salle de bain, ils ne disent toujours rien, puis ils font l'amour, comme si c'était la dernière fois. Ils sont maintenant allongés l'un à côté de l'autre et Frida dit : Je ne pensais pas que tu sauterais.

Plus tard ils auront des enfants, emménageront dans un appartement plus grand, ils seront rattrapés par le quotidien, mais jamais ils n'oublieront cette soirée et cette nuit. Ils n'en parleront à personne, même pas à leurs enfants, qui un jour se retrouveront sur le plongeoir de trois mètres puis sur celui de cinq mètres, hésitants, effrayés, les genoux tremblants. Non, ce moment n'appartient qu'à eux, quand Linus a dit : À la vie, à la mort.

La piscine, encore un lieu qui ne cesse de revenir dans les livres de Wechsler. La piscine, le centre nautique, la plage au bord du lac de Constance, les étangs de la région. L'eau ne vous manque pas à Paris ? lui ai-je demandé un jour.

Je me prive de certaines choses, a-t-il dit. Il faut être prêt à faire des sacrifices. Peu importe les sacrifices, mais ça ne marche pas sans. Si vous n'êtes pas prête à sacrifier quelque chose pour votre œuvre, autant ne pas commencer.

Idée étrange. Vous pourriez sacrifier un animal avant de commencer un livre, une chèvre par exemple ou une poule, lui dis-je. Ou au moins allumer un cierge dans une église. Je ris, pas lui.

On n'a rien sans rien, dit-il. Ça peut paraître fou, mais je sens que le texte n'exige pas seulement un effort, il exige aussi un sacrifice. Le texte est l'enveloppe qui contient le sacrifice. Un texte sans sacrifice, c'est comme une église sans rituel.

Il a sacrifié son amour, me dis-je soudain, le plus grand sacrifice qui soit. Mais le voilà qui se met à rire aussi, comme s'il était lui-même étonné. Une pensée étrange. Vous êtes prête à sacrifier quoi pour votre film ?

Plus tard : Vous ne pouvez pas vivre en même temps dans deux mondes. Si vous vous consacrez à la fiction… Déjà tout ce temps qui est enlevé à votre vie, les heures et les jours, les mois et les années. C'est peut-être ça le sacrifice. Quand, pour chaque minute où l'on écrit, on doit abandonner une minute de sa vie.

Plus tard : Vous ne pouvez pas imaginer tout le temps que me coûte un livre, pas seulement écrire mais surtout attendre qu'il se produise quelque chose. Et pour quoi ? Des mots, rien que des mots.

Il boit une gorgée de Ricard.

Vous pouvez vivre dans le monde de la fiction et malgré tout boire un Ricard avec moi dans le monde réel ?

Il rit.

Je n'aime pas le pathos, mais chez lui ce n'est pas ça. Il semble vraiment s'efforcer de trouver quelque chose sur lui-même, sur sa vie, son activité d'écrivain. Ce sont des expériences de pensée qui, à peine faites, sont évacuées d'un simple mouvement de la main.

Oui, bien sûr, dit-il. Je ne veux pas faire de moi un héros, un martyr de la littérature, mais j'ai de plus en plus souvent l'impression que la littérature me bouffe lentement, je perds un peu de moi à chaque livre. On n'écrit pas seulement avec sa tête mais aussi avec sa main, on écrit avec tout son corps que l'on use. En même temps il me semble que je suis de plus en plus vivant dans le monde de la fiction, qu'il me suffit de plus en plus et que la réalité n'est plus là que pour maintenir mon corps en vie. Comme dans le film *Matrix*. La pilule rouge ou la pilule bleue.

Vous choisiriez laquelle ?

Je ne sais plus laquelle est laquelle. Le monde de la fiction a quelque chose de très séduisant, il comble tous les désirs. On ne peut pas mourir, mais on ne peut pas vivre non plus.

Plus tard : Parfois j'aimerais fermer mon ordinateur et simplement observer la vie, vivre des choses, faire des choses, jardiner, voyager, rencontrer des gens, que sais-je ?

Mais vous n'osez pas ?

Il ne dit rien, me regarde avec un regard redoutable.

Je suis écrivain, c'est mon métier.

Vous auriez vécu autrement si vous n'aviez pas écrit ?

Il fait un geste de la main, ce n'est pas intéressant. Si je n'avais pas écrit, je ne serais pas écrivain et vous ne feriez pas un film sur moi. Ces autres que j'aurais pu être, ils n'ont aucun intérêt pour vous, ils n'existent pas, tout au plus dans mes histoires. Mais non, je n'aurais sans doute pas vécu autrement. Pourquoi on parle de ça ? Ah oui. Il y a aussi des piscines ici. Et en deux heures on est au bord de la mer.

La mer, dis-je, comme si je venais de l'apercevoir derrière une dune.

Et lui : La mer.

La mer et quoi ? Autre chose ? La mer est belle ? La mer est sauvage ? La mer est infinie ? Non, juste la mer, d'une voix neutre.

Ça fait longtemps que je n'ai pas eu de nouvelles de lui, dit Judith.

C'est vrai ? Elle lâche ma main, prend une profonde respiration et dit qu'elle doit partir, son mari doit sûrement se demander où elle est passée.

Le mien aussi, dis-je, mon ami. Mon futur ex.

Vous voulez qu'on aille boire quelque chose ? demande Judith.

Un minuscule restaurant dans une rue étroite, non loin de l'église. Ce serait un joli décor. Dans la salle aux lambris sombres sont installées cinq ou six tables. Une vieille femme s'affaire derrière le comptoir et nous salue d'une remarque amusante accompagnée d'un rire rauque.

Bonjour Moni, dit Judith, on peut avoir une bière ? Elle se tourne vers moi avec un regard interrogateur.

Moi aussi.

Avant, dehors dans le couloir, il y avait un flipper, dit Judith, pendant que nous nous asseyons. J'y ai souvent joué avec Richard et les autres.

Le boucher ?

Aussi.

Il est le seul à savoir et il ne dira rien. Judith ne dira rien. Wechsler ne dira rien. Pourquoi le feraient-ils ? Ils en retireraient quoi ? Et quelle serait la différence ? Un homme et une femme se sont aimés, s'aiment peut-être encore. Ça fait un film ?

Parfois je ne sais plus ce qui m'est vraiment arrivé ou ce que j'ai inventé, a dit Wechsler face à la caméra. Qui va le croire ! Mais c'est une gentille excuse quand on ne veut rien dire sur soi.

Est-ce que ce que vous avez écrit est moins vrai que ce que vous avez vécu ?

Il sourit. Non, mais ça a eu moins de conséquences ?

Il va bien ? demande Judith.

J'ai mon ordinateur portable et je lui montre quelques prises de vue, le petit montage que j'ai fait à l'hôtel. Wechsler marchant dans Paris. Je l'observe pendant qu'elle regarde les images. Son visage se détend, elle sourit.

Mon Dieu, il n'a fait que marcher, le pauvre ? demande-t-elle, et elle rit en feignant la compassion.

Je lui ai aussi demandé comment il allait. Je commence souvent mes interviews comme ça, une bonne façon d'établir le contact. Comment allez-vous ? La plupart des gens se mettent à raconter, mais Wechsler a simplement dit que ce genre de question ne l'intéressait pas, que ça n'avait aucun intérêt. Il cherche une photo, bouge les mains comme s'il voulait trouver quelque chose à tâtons dans un endroit sombre, sans que je sache quoi. Est-ce que vous demanderiez à un thermomètre s'il a froid ? finit-il par dire. Et est-ce que le froid est moins bien que le chaud ? Ou meilleur ? Le thermomètre ne fait qu'indiquer la température, il n'a pas de sentiment. Non, la comparaison est bancale. Il recommence à farfouiller. Je ne suis pas la personne la mieux placée pour parler de mes textes, dit-il alors, je suis simplement l'œil qui voit, l'oreille qui écoute, la main qui écrit, le corps qui ressent, rien de plus. J'aime bien les noms de convention donnés aux artistes anonymes du Moyen Âge ou de l'Antiquité, les anges rebelles ont été peints par le Maître des anges rebelles, la Madone à la violette a été peinte par le Maître de la Madone à la violette. Quand le créateur disparaît derrière son œuvre, quand le créateur et l'œuvre ne font plus qu'un.

Je crois qu'il ne va pas trop mal.

Judith sourit, incrédule. Elle l'a aimé, j'en suis sûre. Elle l'aime encore. Même s'il ne le mérite pas.

Comment s'appelle cette histoire de James Joyce dont John Huston a tiré un film ? L'homme se rend compte que, toute sa vie, sa femme en a aimé un autre, un jeune homme qui est mort parce qu'il voulait la revoir avant de rentrer au monastère. On n'apprend ça que durant les dernières minutes du film. La femme est allongée en pleurs sur le lit et son mari n'ose pas la toucher. Il reste debout à la fenêtre, regarde dehors et se parle à lui-même : Quel rôle lamentable j'ai joué dans sa vie ! Comme si je n'avais jamais été son mari. Comment était-elle à l'époque ? Comment était la jeune fille que ce garçon a aimée ? Et il neige. Toute l'Irlande est sous la neige. Elle tombe partout sur la plaine sombre à l'intérieur du pays, sur les montagnes sans arbres, elle tombe doucement sur les tourbières d'Allen, et plus à l'ouest elle tombe doucement sur les vagues sombres et rageuses du Shannon. La neige tombe doucement à travers tout l'univers et tombe doucement, comme l'approche de leur dernière heure, sur tous les vivants et les morts. Angelica Huston joue la femme. Une erreur de casting en fait. John Huston est mort avant la première du film.

Mais le mari de Judith ne m'intéresse pas, son rôle peut inspirer la pitié ; il est peut-être le seul qui se conduit pourtant convenablement. Non, ce sont les deux pécheurs qui m'intéressent. Je les imagine dans cet hôtel à Paris, Judith et Wechsler, ils ont tous les deux la vingtaine. C'est un hôtel bon marché avec un nom ronflant, quelque part près d'une gare, l'ameublement est vieillot et décati, les murs sont tapissés d'un papier peint à motifs, le lit est recouvert d'un dessus-de-lit côtelé couleur moutarde, à la propreté douteuse. Judith est allée la première à la salle de bain. Quand elle revient elle porte un pyjama comme on en portait à l'époque, en jersey de coton, un short, un haut à manches courtes avec un col en V. Elle a déjà pris la décision de coucher avec Richard. Mais pourquoi ? Par envie ? Par curiosité ? Par amour ? Parce qu'elle veut vivre une aventure ? Parce que l'occasion se présente ? Pourquoi ne devrait-elle pas vouloir coucher avec lui ? La détermination est plus importante que le motif.

Quand il sort de la salle de bain, elle a déjà préparé le lit, elle a éteint le plafonnier et allumé les lampes de chevet. Elle est allongée, mais pas comme si elle voulait dormir. Elle le regarde, pleine d'attente. Il ne sait pas bien quoi faire, il retourne un instant à la salle de bain, boit une gorgée d'eau et revient. Il se couche à côté d'elle, éteint la lampe de chevet de son côté, elle éteint la sienne. Il y a juste un peu de lumière venue du dehors et des bruits de circulation. Il est allongé dans l'obscurité, le souffle court. À ce moment elle pose une main sur mon bras. Quoi qu'il arrive, nous resterons amis.

Il se redresse, se penche au-dessus d'elle, l'embrasse. Il touche son corps à travers la fine épaisseur du jersey, il sent sa chaleur, sa douceur. Elle glisse ses mains sous son T-shirt, le fait passer par-dessus sa tête, il lui enlève son haut de pyjama, son short, sa culotte. Il s'allonge sur elle, elle rit, respire profondément. Le lit craque. Il murmure quelque chose. Elle fait plus de bruit que lui. Coupe.

Ça va ? demande Judith. Je tiens mon verre de bière à moitié plein et regarde dedans comme si je pouvais y lire mon avenir ou son passé. Elle a posé sa main sur mon bras.

Faut-il croire en Dieu pour être pasteure ?

Pas forcément, dit-elle, mais ça aide.

Vous avez remarqué comment sont annoncées les stations de métro à Paris ? D'abord la voix monte, interrogative : Odéon ? Puis quand la rame s'arrête, la confirmation avec la voix qui descend : Odéon. Quand je vais mal, je prends parfois le métro au hasard, et je me fais confirmer par cette voix de femme impassible que tout est encore comme c'était, comme ce doit être.

C'est vrai ?

Non, dit Wechsler en riant, mais ça me plaît d'imaginer ça. Sur certaines lignes il y a aussi une voix d'homme.

Je vais à la piscine avec Wechsler. C'était mon idée, je crois qu'il a trouvé ça un peu tordu. Mais il a fini par dire oui. Nous avons tourné pendant trois jours, maintenant on fait une pause d'une journée, puis on fera encore trois jours de tournage. Il fait une chaleur terrible, pourquoi ne pas aller à la piscine ?

Tom, ai-je dit, je vais m'acheter des vêtements, le meilleur moyen de me débarrasser de lui. Ce n'est d'ailleurs pas un mensonge. Je me suis acheté un maillot de bain, un maillot une pièce, je me trouve trop vieille et pas assez bien faite pour les bikinis.

Oubliez tout ce que je vous ai raconté hier, dit Wechsler.

Ségur ? demande la voix féminine impassible. Ségur.

En fait il n'y a rien à dire sur ma vie. Et pas grand-chose non plus sur mes livres. On peut bien sûr les lire, si on y voit un quelconque intérêt.

Charles-Michel ? demande la femme. Charles-Michel. C'est là qu'on descend.

Maintenant je trouve ça un peu fou d'aller nager avec Wechsler. S'il le fallait, il faudrait le faire pour le film, le conduire à proximité de l'eau. Pas dans une piscine bien sûr, Wechsler en maillot de bain, ce ne serait pas lui rendre service. Mais aller peut-être au bord de la mer, une balade sur la plage, ce serait mieux que les montagnes, moins d'agitation dans l'image et davantage de sens. Ainsi nous aurions Paris, la mer et son village. Savoir si on peut caser ça dans le scénario ? C'est loin d'ici jusqu'à la côte ? a-t-il demandé.

On se retrouve derrière les cabines. Je remarque qu'il me toise, mais je le regarde aussi. Il porte un maillot moulant qui ne cache rien, un petit ventre, la peau étonnamment jeune, claire, pas très poilue. Il doit avoir remarqué mon regard. C'est le règlement, dit-il. Dans toutes les piscines françaises. Les caleçons sont interdits je ne sais pour quelle raison.

Il me laisse passer devant et monte juste derrière moi les escaliers qui conduisent au bassin. Nous sommes presque nus et pourtant je n'ai pas l'impression que nous sommes plus proches qu'hier soir dans le café. Nous sommes simplement deux corps nus. L'idée qu'il m'observe m'excite malgré tout, ou peut-être justement pour ça. Je ne suis pas si mal faite que ça, et même plutôt bien conservée. J'imagine quelque chose. J'imagine ce qu'il imagine. Faire l'amour dans la cabine de douche ? Je l'ai fait une fois, c'était plutôt inconfortable. Ce n'est pas ici que je vais découvrir l'importance de l'eau dans ses livres.

Le toit de la piscine est à demi ouvert, la moitié du bassin est au soleil, l'autre à l'ombre. Toutes les lignes sont occupées, il y a des écriteaux au bord, nageurs rapides, nageurs moyens, nageurs lents. Nous mettons les bonnets que nous avons achetés à la caisse, ça aussi ça fait partie du règlement, et nous nous intercalons au milieu des nageurs. Wechsler nage vite, mais je suis plus rapide que lui. Je vois qu'il accélère quand je veux le doubler, puis il abandonne et je passe devant.

Nous ne sommes pas restés longtemps dans l'eau, à peine avions-nous fait dix longueurs qu'une voix annonce que la piscine va fermer dans une demi-heure, l'après-midi est réservé aux scolaires. Il fait très chaud à l'extérieur, même l'eau est trop chaude pour nous rafraîchir. Les nageurs se dirigent en file indienne vers les douches avant de descendre aux vestiaires. Je ne peux m'empêcher de penser, je ne sais pourquoi, à ces images médiévales du Jugement dernier où les pécheurs marchent nus vers le purgatoire. Devant Dieu et en maillot de bain nous sommes tous égaux.

Tu as lu ses livres ?

Nous avons posé la question en même temps et nous ne pouvons nous empêcher de rire.

Oui.

Moi aussi. Tous.

Tu les aimes bien ?

Elle ne répond pas. Peut-être parce que ce n'est pas si important. Je ne lui ai pas demandé si elle aime bien Wechsler. Quand on aime vraiment quelqu'un, peu importe qu'on l'aime bien ou pas. C'est idiot ? Ça semble idiot, mais je crois que c'est juste. Moi-même je ne sais pas si j'aime bien Wechsler.

Et tu as retrouvé dans ses livres des choses sur votre jeunesse ?

Tous ceux qui habitent ici reconnaissent le village. Ça n'a pas grande importance.

Elle esquive, se replie. Si je pouvais lui faire comprendre qu'il ne s'agit pas ici du film. Mais il s'agit de quoi ? De la vérité ? Un bien grand mot. Peut-être n'est-ce que la curiosité. Ou bien je veux gagner sa confiance. Ce serait un privilège si elle se confiait à moi, une proximité.

J'avais un ami autrefois qui était un peu comme lui.

Ça aiderait peut-être si je parlais de moi.

David. Ça fait une éternité que je n'ai pas pensé à lui.

Est-ce vrai ? Je ne me suis pas posé des questions sur lui, je n'ai pas évoqué son souvenir, mais il est toujours là comme une partie de ce que je suis devenue. J'ai parfois l'impression de vivre ma vie sur une scène devant tous les gens que j'ai connus ou que je connais encore. Ils sont tous là, certains sont tout proches, d'autres sont assis au fond de la salle, quelques-uns sont même déjà partis. Parfois, pendant la représentation, les projecteurs sont trop forts et j'ai du mal à voir les spectateurs, mais je sens leur présence, j'entends leurs rires, leurs murmures, un sifflet, des applaudissements isolés.

David est assis tout au fond. Il a l'air très sérieux. Il se lève, avance vers la scène, gravit les escaliers. Il s'assied à côté de moi, nous sommes assis là tous les deux comme pour une table ronde, sujet : Andrea et David, portrait d'une relation qui a mal tourné. Je regarde le public, au premier rang je reconnais Judith qui m'adresse un sourire d'encouragement. À côté d'elle est assis Wechsler, et quelques rangées plus loin se trouvent Tom et Sascha. On dirait un couple. Pourquoi je pense ça ? À quoi reconnaît-on que deux personnes s'aiment ?

David me regarde avec attention.

Nous n'étions pas un couple, nous étions ensemble. Peut-être que je n'ai rien à dire là-dessus.

Ou : Comment ça va ? Tu fais quoi ? Tu es avec quelqu'un, tu as des enfants ?

Mais à vrai dire, ça m'est complètement égal. Ce n'est qu'à ce moment que je me rends compte que David n'a pas vieilli depuis que nous nous sommes séparés. Il est encore le même que celui dont je suis tombée amoureuse et que j'ai ensuite envoyé sur les roses. Il a encore ce regard interrogateur qui déjà à l'époque me tapait sur le système. Non, je ne peux pas t'expliquer, à un moment donné c'était fini, c'est tout. Ce sont des choses qui arrivent.

En réalité j'étais tombée amoureuse d'un autre, peut-être aurais-je dû lui dire. Je m'étais déjà amourachée de l'autre avant David, mais il n'avait pas voulu de moi et j'ai pris le lot de consolation. Puis l'autre avait changé d'avis et je n'ai pas eu à réfléchir longtemps. Dois-je dire ça à David ? Probablement pas.

Je repense au moment où Wechsler a parlé des grands sentiments dont il a besoin pour ses livres. Je ne suis sans doute pas une championne des grands sentiments. Je suis plutôt du genre pragmatique. Hédoniste pragmatique, au cas où ça existe. Le relationnel n'est pas ma tasse de thé, le simple mot déjà me paraît faux. Quand je n'ai pas envie, je n'ai pas envie, c'est comme ça. Et à un moment donné je n'avais plus envie d'être avec David et d'autant plus envie d'être avec l'autre. Mais ça n'a pas duré longtemps, mauvaise pioche. C'était celui qui était tellement jaloux et qui fait maintenant du taï-chi ou du chi gong ou du shiatsu, je confonds toujours. Ma fierté ne me permettait pas de retourner vers David. Quant à savoir si sa fierté l'aurait autorisé à me reprendre... ?

Fin d'une histoire. Mais comment était le début ? Étais-je vraiment amoureuse de l'autre ? David était timide, peu bruyant, un peu en marge, c'est peut-être pourquoi il me rappelait Wechsler. M'a-t-il fait pitié ? Ou ai-je senti qu'il avait de grands sentiments ? Était-ce ce qui m'a attiré chez lui ? Étais-je amoureuse de son amour plus que de lui ? Parce que je n'en étais pas capable de mon côté ? Était-il lui aussi plus amoureux de son état amoureux que de moi ? Ce grand amour qui nous distinguait des autres et nous rendait singuliers. Il m'écrivait des lettres, alors qu'on se voyait presque tous les jours, il m'offrait des cadeaux. Il se creusait la tête pour savoir ce qui me ferait plaisir. D'une façon générale, il se creusait toujours trop la tête. Vivre avec lui n'était pas facile, au début ça me plaisait, ensuite cela m'a rendue nerveuse. Il me disait qu'il était accro à moi. Quand je l'ai quitté, j'ai eu l'impression de le punir et j'éprouvais une étrange satisfaction à le blesser. Je n'en suis pas fière, mais c'était comme ça.

C'est quand nous chantons, m'a dit Judith alors que nous étions encore dans l'église, que ma foi est la plus forte. Non, ce n'est pas le mot juste. Que Dieu est là simplement. Comme un sentiment. Le sentiment d'être protégée.

Nous sommes allées nous promener sur la montagne, alors qu'il fait déjà presque nuit. Nous montons la rue qui passe devant l'église, arrivons dans un lotissement de petites maisons individuelles, des villas, un verger.

Une ferme marque la fin du village et nous avançons maintenant entre des prés, des champs et des forêts. Il n'y a plus de lampadaires, mais la lueur de la lune est suffisante pour voir. C'est alors que Judith commence à raconter, elle ne raconte pas, elle se parle à elle-même, comme si elle ne faisait que passer en revue ses souvenirs. Il y a certaines choses que je ne comprends pas, tellement elle parle doucement, mais je ne la coupe pas de peur qu'elle se taise. Je la laisse parler.

C'est une histoire archi-compliquée qu'aucun auteur n'oserait inventer. Et soudain je vois dans les livres de Wechsler des éléments de cette histoire, des fragments, des variations. Ce grand sentiment dont je suis un peu jalouse.

Judith s'arrête. Nous sommes assez haut maintenant et nous regardons les lumières du village. Dans chaque maison se joue une histoire, derrière chaque fenêtre éclairée. Et derrière les fenêtres obscures naissent des rêves et encore d'autres d'histoires. C'est le printemps, nuit sans lune dans le petit bourg, sans étoile, obscurité biblique…

Tu es sa muse, dis-je.

Elle rit. Est-ce que j'en ai envie ? Tu voudrais être une muse ? Mais ce n'est pas à nous de décider.

Tu regrettes ce que vous avez fait ?

Pas le moins du monde.

Pour une pasteure, elle est assez cool.

Tu es sa victime. Je ne le dis pas. Mais je me suis demandé qui souffre le plus, la victime ou l'exécuteur. Et je ne parle pas ici de poule que l'on sacrifie.

Judith rit. Elle me fait penser à une jeune femme exubérante, alors qu'elle approche de la soixantaine. Ne dit-on pas qu'être prêtre réformé est le métier le plus sain qui soit ? Ou le plus malsain ? L'un des deux.

C'est juste une possibilité, dit-elle.

Qu'entend-t-elle par là ? Et : elle ne m'a pas tout dit. On ne peut jamais tout dire. Les heures et les jours qu'ils ont passés ensemble, l'excitation, les câlins, le sexe. Les retrouvailles et les adieux, la joie et le désespoir. Une possibilité ? Une version de l'histoire ? Et quelle serait la version de Wechsler ? Quelle serait ma version ? Notre film doit montrer la vérité, mais lentement je commence à douter qu'il y ait une vérité. Et même le peu que je sais maintenant de la vérité, je ne peux le montrer. Ce sont les histoires que l'on se raconte dans le noir, quand on est à deux ou seul. À la lumière elles se dissolvent.

J'imagine comment elle va le voir dans sa maison, dans la banlieue de Paris. Elle lui a dit que ce n'est pas la peine de venir la chercher, ce n'est pas la première fois qu'elle vient. Il l'aurait fait avec plaisir, mais elle ne veut pas, elle sait ce qu'elle veut. Elle veut sonner à sa porte, qu'il lui ouvre comme si elle était la voisine ou le facteur apportant un paquet. Ils se regardent dans les yeux, elle fait un pas vers lui. Pendant la première demi-heure, ils ne disent pas un mot, ils s'embrassent et s'étreignent, se déshabillent.

Ils sont maintenant allongés l'un à côté de l'autre, ils retrouvent lentement le calme, échangent leurs premiers mots : Comment était le voyage ? Elle parle de ses filles, lui d'une rencontre avec son éditeur, et patati et patata, ce n'est pas important.

Il y a la vérité des sens, les impressions qu'ils nous donnent, les odeurs, les goûts, les attouchements, la douceur et la fermeté, la sensation de faire glisser une main sur une nuque rasée, de plonger ses doigts dans l'épaisseur des cheveux, écarter une mèche, la chaleur et le froid, l'humidité.

Ils ne se rhabillent plus de toute la journée. Peut-être que Judith remettra un peu plus tard sa culotte, enfilera une petite veste parce qu'il ne fait pas chaud dans la maison, elle ne l'a pas boutonnée, on voit ses seins dessous. Il lui enlève sa petite veste. Ils se prennent dans les bras. Allongés sous la couette, ils recommencent à se toucher, sans pouvoir se rassasier l'un de l'autre. À un moment donné il leur faut bien manger. Et toujours ce désir qui n'est jamais comblé et qui n'en finit pas.

Judith ne m'a rien raconté.

Tom n'est pas là quand j'arrive dans la chambre. Sur le lit est posée une liste avec des noms de nouilles, il doit y en avoir une bonne cinquantaine. Savoir s'il a trouvé ça tout seul ? Ou bien a-t-il triché et est allé voir sur Google ? Est-ce que je lui dois une glace maintenant ?

Je cherche les différentes sortes de nouilles sur Google. En tout cas Tom ne semble pas avoir copié sur Wikipédia. Il n'y a pas seulement les différentes nouilles, mais aussi les différentes sortes de pâtes alimentaires, tout un tableau allant des rigati aux spätzle.

Sascha devrait venir cet après-midi. Nous avons prévu deux jours pour les entretiens préparatoires et les prises de vue générales dans le village, et ensuite trois jours pour les vraies prises de vue, les interviews avec le bon son et tout le reste. Wechsler traverse le village, il rencontre des gens qu'il a connus autrefois, l'un de ses professeurs, d'anciens amis, tout ça quoi.

Un professeur, celui qui a été le plus important pour lui, est malheureusement décédé. J'ai trouvé l'autre dont il m'avait parlé, mais il n'avait rien à dire. Ou plutôt : il disait exactement ce qu'on attendait de lui. J'avais l'impression qu'il n'avait absolument aucun souvenir de Wechsler et se contentait de débiter des généralités : bon élève, éloquent, plein d'humour et d'empathie. Il était visiblement fier que Wechsler ait été son élève au lycée et se figurait sans doute avoir une part dans son succès. Est-ce qu'il avait lu les livres de Wechsler ? Il en avait l'intention depuis longtemps et il allait vraiment s'y mettre. Quant à ce que Wechsler nous avait dit à son sujet, je préfère le passer sous silence.

J'envoie un message WhatsApp à Sascha, elle ne répond pas. J'appelle la réception pour demander si elle est arrivée, on me donne son numéro de chambre. J'appelle. Sascha décroche.

Allô, Sascha.

Allô, Andrea.

Tu es bien arrivée ?

Oui. Sa voix est mal assurée, quelque peu hésitante.

Tom est avec toi ?

Nouvelle petite hésitation. Oui. Il m'a montré les prises de vue. Nous avons commencé à discuter pour savoir comment…

C'est bon, vous descendez ?

Ils mettent du temps à arriver.

Réunion de crise : qu'est-ce qu'on fait si Wechsler n'est pas là ? Sascha appelle Tom Thomas. Thomas par ci, Thomas par là. Se peut-il que les deux… ? Moi aussi je me mets à ne pas finir mes phrases. Peut-être que je ne veux pas les finir, ne veux pas aller au bout de mes pensées. Pourtant ce serait la solution idéale, tout serait réglé et je serais débarrassée de lui. En même temps cette idée me révolte. La petite garce ! Pour lui, je ne trouve pas le mot adéquat, mais ça ne m'étonnerait pas s'il… La jeune femme qu'il peut impressionner, qui écoute patiemment ses histoires et ne dit pas : Tu m'as déjà raconté ça cent fois. Et, évidemment, elle a dix ans de moins que moi, ça a aussi ses avantages. Je serais libre, il faut d'abord que je me fasse à cette idée.

Légèreté, rapidité, exactitude, visibilité, complexité. Ce ne sont que des suggestions, pas des règles ni des lois. J'aime bien ça. Déjà le simple mot de suggestion. Puis-je vous faire une suggestion ? Ce n'est qu'une suggestion. J'ai téléchargé le livre sur Internet, mais je ne l'ai jamais lu…

Mon activité consistait essentiellement à enlever du poids ; j'ai essayé d'enlever du poids tantôt aux figures humaines, tantôt aux astres dans le ciel, tantôt aux villes ; mais surtout j'ai essayé d'enlever du poids à l'architecture du récit et à la langue.

Ne pouvant dormir, je suis descendue et me suis assise dans l'un des fauteuils près de la réception. Le portier de nuit est apparu, un joli garçon qui fait sans doute ça pour financer ses études et qui croyait pouvoir gagner de l'argent en dormant. Pas de chance. Il a l'air fatigué mais me demande quand même si je veux boire quelque chose. Une bière ou un café. Il est trois heures du matin, on est encore la nuit ou déjà le matin ? On ne commence pas une journée avec une bière, mais je pourrais me dire que c'est un somnifère. Peut-être que je pourrais dormir après ça. En plus, la machine à café doit sûrement être nettoyée et débranchée.

Une bière, avec plaisir.

Je feuillette l'un des magazines sur papier glacé posés sur la table basse. *L'Art au bord du lac.* Dans une charmante villa du Tessin, un couple de marchands d'art a trouvé l'endroit idéal – pour eux et leurs beaux objets. Bonheur dans le jardin. Arrivée dans une grande maison de campagne. D'une imposante ruine une photographe s'est fait un havre de vie à la campagne. Le grand jardin lui donne beaucoup de travail mais plus de satisfaction encore. Je me sens de plus en plus en manque d'inspiration et j'aspire à plus de calme et de nature pour compenser la routine du quotidien, dit la photographe indépendante de quarante-huit ans. À qui le dis-tu ?

Le portier de nuit m'apporte ma bière et se sent obligé de me faire la conversation. Il me demande si je me plais ici. Si je suis en voyage d'affaires. Si je voyage seule. Est-il en train de me draguer ? Ce serait un peu absurde, il est deux fois plus jeune que moi, du moins c'est l'impression qu'il donne. Je réponds de façon évasive. Je préfère poser des questions que d'avoir à y répondre et j'intervertis les rôles. Je lui demande s'il travaille ici depuis longtemps. Si le travail lui plaît. Ce qu'il fait pendant la journée.

Il a entamé des études de littérature allemande, il a travaillé tout l'été comme portier de nuit, le prochain semestre commence dans une semaine et il ne sera plus là que le week-end. Oui, le travail lui plaît, ça lui laisse beaucoup de temps pour lire. Connaît-il Wechsler ? Il en a déjà entendu parler mais n'a jamais rien lui de lui. Quels sont ses auteurs préférés ? La littérature baroque. Vraiment ? Ça existe ça ? Il me fait un petit exposé : attirance pour la mort, carpe diem, guerre de Trente Ans.

La poésie baroque ! C'est drôle de voir comment les représentants des domaines de recherche les plus aberrants arrivent à s'imaginer que leur champ d'investigation est primordial. Une fois j'ai trouvé chez un bouquiniste un livre sur la zootomie. Les zootomistes comparent les squelettes d'animaux, ils font des rapprochements et d'autres choses du même genre. Je n'avais regardé le livre qu'à cause des beaux dessins. Dans la préface il était plus ou moins expliqué que la zootomie était la mère de toutes les sciences.

Poésie baroque donc : une époque pleine de contrastes. La guerre de Trente Ans fait rage. Une joie de vivre exubérante vient se heurter à l'angoisse de l'éphémère. C'était à quelle époque ? Presque tout le XVIIe siècle. Donc les années commençant par 16. Je ne sais rien de cette période. L'ici-bas et l'au-delà, la vertu et la volupté, l'érotisme et l'ascèse. Ça fait drôle d'entendre tous ces grands mots dans sa bouche. Que peut bien savoir un garçon de vingt ans de la volupté ? Jeu et gravité, dit-il, vie terrestre contre vie céleste. Et il me récite effectivement un poème :

Was sind doch alle Sachen,
Die uns ein Herze machen,

Als schlechte Nichtigkeit?
Was ist des Menschen Leben,
Der immer um muss schweben,
Als eine Phantasie der Zeit[2]*?*

Je suis prête à parier qu'il écrit lui-même des poèmes, mais je préfère ne pas demander, sinon il va falloir que je les écoute.

En tant que portier de nuit, on doit sûrement être au courant d'un certain nombre de choses ?

Il ne réagit pas, il semble encore absorbé par son exposé. Maintenant il doit faire sa ronde.

Je peux venir aussi ?

Visiblement il n'est pas enchanté que je veuille l'accompagner. Il ne sait pas si c'est permis, et à son âge on s'en tient encore aux règles. Mais pourquoi serait-ce interdit ? Et qui pourrait nous attraper ? L'idée de parcourir l'hôtel en compagnie d'un jeune homme m'a excitée, mais au bout de quelques minutes j'en ai déjà assez de trottiner derrière lui et d'écouter ses explications. Je me moque de savoir où sont entreposés les emballages vides, où se trouvent la chaufferie, le couloir qui mène au garage souterrain. Un petit zeste supplémentaire de baroque ne serait pas de trop. Ça m'énerve de nous avoir mis tous les deux dans cette situation. Parfois je ne tourne pas tout à fait rond.

Tu as une petite amie ?

Il ne semble pas s'être rendu compte que je le tutoie. Il continue à me vouvoyer. Quand il m'ouvre une porte pour la dixième fois, je frôle brièvement son bras avec ma main, comme si de rien n'était, et je lui souris. Il baisse les yeux, fixe ma poitrine, ou est-ce de la timidité ? Il rougit. Mais pourquoi je raconte tout ça ? Ça n'a rien à voir avec Wechsler et notre film. Et Tom n'a rien à me reprocher. Nous sommes à cinquante-cinquante, non, comment on dit ? Quittes. Ensuite j'ai pu quand même encore dormir.

Judith a deux enfants, deux filles. Elle aurait préféré avoir des garçons. Je crois que c'est la première femme qui ose me l'avouer. En général elles disent toutes que les choses sont merveilleuses comme elles sont : Un garçon et une fille c'est le mieux qui puisse arriver, j'aurais du mal à imaginer les choses autrement. Mais Judith peut s'imaginer beaucoup de choses, je m'en suis tout de suite rendu compte.

Elle a eu ses enfants sur le tard, les filles sont des ados mais elles n'ont pas encore vingt ans, elle m'a dit quels âges elles avaient exactement mais j'ai oublié. Quoi qu'il en soit, quand elle a eu ses enfants, elle avait à peu près l'âge que j'ai maintenant. Elles vont toutes les deux au lycée, l'une va bientôt passer son bac, et elles ont des noms qui n'ont rien de biblique, Ann et Ella. Ce qu'elles diraient si elles savaient… J'imagine que l'une d'elles est de Wechsler. Peut-être même les deux. Il paraît qu'il y a plus d'enfants illégitimes qu'on le croit.

Je cherche « enfant illégitime » sur Google. Ça tourne autour de deux pour cent partout dans le monde. Quand même. Chez les Yanomami, ils sont près de dix pour cent. Qui sont les Yanomami ? Google. Le peuple indigène des Yanomami vit à la frontière entre le Venezuela et le Brésil, dans la Sierra Parima, qui culmine à mille cinq cents mètres d'altitude, entre l'Orénoque et l'Amazone. Beaucoup parlent le yanomamö. Les Yanomami sont un peuple guerrier, mais ils redoutent de traverser des eaux profondes. Donc aucune raison d'avoir peur d'eux. De toute façon c'est plus intéressant que des noms de nouilles. Où en étais-je ?

En retournant vers le village nous nous arrêtons près du petit lac où Wechsler adolescent allait souvent nager avec ses amis. Il m'en avait touché un mot à Paris, j'avais noté le nom et vu sur une carte qu'il était plus ou moins sur notre chemin. Ce lac apparaît dans beaucoup de ses textes : une fois un couple s'aime à cet endroit pour la première fois ; une autre fois quelques amis y vont de nuit à bicyclette, ils se baignent nus, puis il se passe quelque chose et l'un d'eux meurt.

Le lac était situé dans un vallon entre deux villages et faisait environ un kilomètre de long. Il était entouré d'une étroite bande de forêt, à certains endroits poussaient des roseaux. À une extrémité se trouvait un lieu de baignade avec des cabines, un kiosque, un endroit pour faire du feu et même un radeau. Mais quand nous sommes arrivés, il n'y avait personne et tout était ouvert. Nous nous sommes assis sur des chaises longues et avons regardé l'eau.

C'est beau ici, a dit Tom.

Tu veux aller te baigner ? J'ai fait les quelques pas qui nous séparaient de la rive et vérifié la température de l'eau avec la main. Pas froide du tout.

Mais Tom n'a jamais vraiment été attiré par l'eau. Il préfère la bière, c'était ce qu'il disait parfois en se croyant drôle. Il a proposé de venir ici avec Wechsler, il a délimité un cadre avec ses deux mains, comme s'il voulait saisir une image, il avait dû voir ça chez un quelconque cinéaste célèbre.

Le soleil se couche, Wechsler est assis dans l'herbe et regarde l'eau, et un comédien lit des passages de ses livres. Un peu de musique, un peu d'effets de lumière sur l'eau.

Super idée.

Mais maintenant retour au village, qui est quand même plus loin que ce que j'avais imaginé. Il nous a fallu près d'une demi-heure en voiture. Et dans les livres de Wechsler ils y sont allés de nuit à bicyclette ? Pas très vraisemblable.

La réunion de crise n'a rien donné. Wechsler viendra ou ne viendra pas. Tom et Sascha ont baisé ou n'ont pas baisé. Le film va être bouclé ou ne va pas être bouclé. Rien d'important, rien de réjouissant.

Vous ne voulez pas d'enfants ? m'a demandé Wechsler, au moment où nous déjeunions ensemble après la piscine. Enfin, j'étais la seule à manger, lui s'était contenté d'un café.

Et vous ?

Une fois de plus il n'a pas répondu, mais je n'avais pas répondu non plus. Est-ce que les livres sont ses enfants ? Non, la métaphore ne lui plaisait pas, il la trouvait affectée. Les enfants sont les enfants, les livres sont les livres. Il trouvait étrange l'idée d'avoir des enfants, une chose de plus qu'il trouvait étrange. Le simple verbe avoir lui semblait déjà déplacé dans ce contexte, est-ce qu'on a des enfants comme on a une voiture, un chien ? Mais il ne trouvait pas de meilleure expression.

Je me suis imaginé être la fille de Wechsler. Ça changerait quoi ? Il voudrait sans doute mettre son grain de sel dans ma vie, il me donnerait des conseils, serait fier ou au contraire déçu de voir ce à quoi j'étais arrivée. Il se ferait du souci pour moi et n'aimerait pas beaucoup Tom parce que les pères n'apprécient jamais beaucoup les amis de leurs filles. C'est du moins ce qu'on dit. Il serait triste parce qu'on n'aurait plus de contact et serait en même temps incapable d'y remédier. Et moi ? Je le supporterais, peut-être que je l'aimerais. Je le connaîtrais bien. Je saurais ce qu'il fait de ses journées, quelles sont ses habitudes, quelle odeur il a, à quoi il ressemble en caleçon. Je ne lirais pas ses livres. Plus tard je serais triste parce que nous n'aurions plus rien partagé de nos vies. Est-ce que je l'appellerais papa ? Ou bien par son prénom ? Richard ? Il m'inviterait maintenant sûrement au restaurant. Il le faisait déjà de toute façon.

Ce n'est pas nécessaire.

Non, ce n'est pas nécessaire.

Il me raconte toute une histoire où il me dit qu'autrefois, quand il était un jeune auteur, il était toujours invité, alors que maintenant... mais ce n'est pas important.

Au fait, Tom n'a pas besoin de savoir que nous sommes allés nager tous les deux, d'accord ?

Bien sûr, dit Wechsler en me faisant un clin d'œil, comme si nous avions couché ensemble.

Puis nous sommes allés nous promener au bord de la Seine, nous n'avons presque pas dit un mot, c'était beau. J'avais l'impression qu'il m'aimait bien, de façon très discrète, retenue. Je l'aimais bien aussi.

La nuit suivante, j'ai rêvé de Wechsler. Nous mangions tous les deux dans un endroit indéfini qui faisait à la fois privé et public, une résidence d'ambassade ou la maison d'un riche mécène. Wechsler avait fait le repas et l'avait apporté. Je le vois gravir l'escalier avec des plats garnis et je vois en même temps qu'il a mal. Ses genoux le font souffrir. Puis on s'assied sur une sorte de terrasse, à une table somptueusement dressée avec de la porcelaine, des couverts et des candélabres en argent. Nous mangeons et bavardons. Il me parle d'un jeune homme qui est pétri de peur, il me le décrit très exactement, mais je ne me souviens plus des peurs de ce jeune homme. La possibilité de la liberté, peut-être ?

Il fait maintenant sombre sur la terrasse, les flammes des bougies vacillent, de la lumière venue de l'intérieur de la maison passe par la porte vitrée. Puis il se met à pleuvoir. Nous pourrions rentrer mais nous restons assis où nous sommes. La pluie est chaude comme une pluie d'été et en un rien de temps nous sommes trempés, mais nous continuons à manger et à bavarder comme si de rien n'était. Puis nous allons nous promener dans le parc planté de vieux arbres. Nous sommes pieds nus, je tiens mes chaussures à la main, ce sont des chaussures très fines avec de hauts talons comme je n'en ai jamais eu, comme je n'en porterais jamais, mais dans mon rêve j'adore ces chaussures. La terre gorgée d'eau est très molle, elle ressemble plutôt à de la boue où nous nous enfonçons profondément. On patauge dans l'eau, elle nous arrive d'abord aux chevilles puis aux genoux.

L'ourlet de ma robe touche l'eau. Pourquoi je porte une robe ? Je ne porte pratiquement jamais de robe. Elle doit être en soie, lisse, froide, souple. Je marche plus lentement en tenant mes chaussures bien haut au-dessus de ma tête pour les protéger. Wechsler s'approche par derrière, me prend par la taille. C'était un très beau rêve et j'étais merveilleusement heureuse.

Je me suis enfin endormie lorsque Tom me réveille une nouvelle fois. J'ai l'impression de n'avoir dormi que dix minutes. J'écris maintenant aussi un livre. Sur les hommes qui sont de vrais connards. Sur Tom qui est un vrai connard. N'importe quoi pour pouvoir lui mettre mon poing sur la gueule. Mais ce serait encore lui faire trop d'honneur.

Nous prenons le petit-déjeuner avec Sascha. Elle s'est mise sur son trente-et-un, enfin elle s'est lavé les cheveux. Et elle est descendue avec tout son matériel, je ne sais vraiment pas pourquoi. Elle croit peut-être que ça lui donne un air cool. Ou elle veut s'y mettre tout de suite ? ou repartir ? Je n'aurais rien contre.

Tom et Sascha jouent la normalité, le professionnalisme. Ils parlent en détail de micros sans fil, de porte-micros et de fiches de raccordement. Toutes ces simagrées, je ne vois pas à quoi ça rime. Veulent-ils me prouver quelque chose ? Ils ont peut-être remarqué que je suis méfiante. Je ne fais pas attention à eux et je lis le journal.

Dans les pages littéraires, une question relevée dans un article à propos d'un livre : Comment parler d'une vie ? Comme mouvement partant d'une origine inconnue jusqu'à une fin de plus en plus prévisible et progressivement de plus en plus reconnaissable ? C'est un Suédois qui a écrit ça. Encore un Suédois. Ça veut dire quoi, soudain, tous ces Suédois ? Il n'y en a pourtant pas tant que ça. Il y a ensuite un article sur une bande criminelle à Göteborg. Il y a quelque chose de pourri au royaume… non, c'était le Danemark.

Ainsi donc : d'une origine inconnue jusqu'à une fin de plus en plus reconnaissable ? Est-ce vraiment ainsi ? Peut-être parce qu'on tourne toujours le dos au passé ? Le passé se transforme, on peut le manipuler, pas l'avenir. Et encore moins la toute fin, parce qu'elle ne devient jamais du passé.

Il n'est rien arrivé de notoire ensuite dans le village. Wechsler n'est pas venu et n'a pas non plus donné signe de vie. On a fait encore quelques interviews, saisi quelques scènes pittoresques, des chats et des chiens, des oiseaux, l'école, le bistrot, la forêt, la rivière. On a même filmé les vignobles, les grappes pas encore tout à fait mûres, mais personne ne les verra. J'ai appelé Judith, j'avais envie de la revoir. Elle n'avait pas le temps, il lui fallait préparer un enterrement. Je ne sais pas si c'était la vraie raison. Peut-être m'en a-t-elle voulu de tout ce qu'elle m'a confié.

J'ai demandé des explications à Tom, il a nié tout en bloc, il a dit que j'étais paranoïaque. Qu'il ne s'était rien passé entre lui et Sascha. Et qu'il ne se passerait rien non plus. Que ce n'était pas son type.

Et si c'était ton type ? Tu entamerais quelque chose avec elle ?

Je suis injuste. Peut-être que ce qu'il dit est vrai et que je me fais des idées. Si j'étais lui, j'aurais tenté quelque chose et fait avec elle ce que j'avais fait avec lui. Mais il n'est pas moi. Nous sommes partis. On peut oublier le film. Fini.

II

Bagneux ? Bagneux.

Bourg-la-Reine ? Bourg-la-Reine.

Parc-de-Sceaux ? Parc-de-Sceaux.

Je ne m'en étais jamais rendu compte, dit Judith.

Je ne m'en serais pas rendu compte non plus si Richard ne me l'avait pas fait remarquer.

Maintenant qu'il n'est plus là, je l'appelle Richard. Comme si sa mort nous avait rapprochés. Est-ce le cas ? Quoi qu'il en soit, maintenant il ne peut plus m'esquiver. Mais il ne me donnera plus de réponses non plus. Le dernier mot est dit, en quelque sorte. Les dés sont jetés. Non, ce n'est pas l'expression qui convient.

On descend à la prochaine, dit Judith.

Quand j'étais dans le village, j'ai cru un moment que Wechsler n'était pas venu parce qu'il était mort subitement, mais évidemment ce n'était pas ça. D'une façon générale les gens ne meurent pas subitement, du moins pas au moment où on s'y attend ou le redoute. Nous avions encore des choses à faire, tout ça ressemblait à une bien vilaine histoire. Il avait signé un contrat,

Richard Wechsler, ci-dessous dénommé l'Auteur, bla-bla. L'écrivain s'engage à participer à ce projet de film sans recevoir de rétribution, à se faire accompagner et se laisser filmer par une équipe du film pendant toute la phase de création, etc. Les détails (en particulier le nombre de jours de tournage, les lieux de tournage, les scènes concrètes, etc.) seront fixés parallèlement à l'avancée du projet et de façon consensuelle entre les parties.

C'était là la pierre d'achoppement, « fixés parallèlement à l'avancée du projet », ça pouvait tout vouloir dire. Nous n'avions fait que parler du plan de tournage, et au début Wechsler avait joué le jeu, il s'était conformé à tout ce qui avait été convenu oralement. Pourquoi pas, d'ailleurs. Un homme, une parole. Mais ensuite… Et ce qu'on avait rassemblé à Paris ne suffisait pas pour faire un film, pas même un film test. La productrice a dû rembourser les subventions, elle en a été pour ses frais, quant à nos honoraires on a pu s'asseoir dessus. La productrice voulait intenter un procès contre Wechsler, mais son avocat l'en a dissuadée. Ça aurait rapporté quoi ? Une longue procédure, des ennuis, ça aurait coûté de l'argent. Est-ce qu'on n'en avait jamais vu quelque part ?

Wechsler n'a pas donné signe de vie. Je lui ai encore écrit quelques mails, d'abord furieux, puis demandant simplement une explication. Pourquoi ? Silence. Mais peut-être qu'il était déjà malade à ce moment-là, de la maladie dont il est mort. Comment on dit déjà ? Il(elle) a été arraché(e) à la vie, alors qu'il(elle) avait des projets d'avenir, mort(e) des suites d'une longue maladie contre laquelle il(elle) s'est battu(e) avec courage.

Après ce fiasco avec Wechsler, j'ai encore eu presque deux années de galère. Je me suis séparée de Tom, c'était la partie la plus facile de mon nouveau départ, du moins pour moi. Ensuite j'ai eu un ou deux projets, des sujets sur les femmes, mais aucun n'a abouti. Mes économies fondaient à vue d'œil. À un moment donné, je me suis rendu compte que je ne pouvais pas continuer comme ça et j'ai commencé à chercher un autre travail. Mais je ne sais rien faire, qui veut embaucher une cinéaste ratée qui a arrêté ses études et dont les compétences sont plus que douteuses ? J'ai vite abandonné l'idée de devenir jardinière dans un cimetière quand j'ai vu le salaire qu'on proposait ; factrice, j'aurais dû me lever tous les matins à cinq heures, rédhibitoire pour un oiseau de nuit comme moi. J'ai eu finalement la chance énorme de trouver un emploi de bureau dans le service marketing d'une compagnie d'assurances. Je semblais leur plaire, je ne sais pas pourquoi. Je devais commencer mi-octobre, mais il me fallait attendre le retour de vacances de la femme qui devait me former à mes tâches. Je n'avais rien contre le fait d'avoir encore un peu de liberté. Et pour commencer quelques jours de congé avec Judith.

Dans le train nous n'avons pas beaucoup parlé. Judith a lu et moi j'ai regardé des vidéos sur YouTube. Pour des raisons incompréhensibles, on me propose toujours, ces derniers temps, des vidéos sur des *serial killers*, aucune idée d'où ça peut venir. Je n'ai jamais commandé de couteau de boucher sur Internet, ou des serre-câbles, ou d'autres ustensiles dont peut avoir besoin une tueuse en série et je n'ai jamais consulté ce genre de page sur

Google. Je ne m'intéresse pas aux tueurs en série. Mais j'ai pourtant continué à regarder. En fait on n'apprend jamais grand-chose. Une journaliste est assise dans un parloir étroit avec, en face d'elle, une silhouette habillée en prisonnier. La journaliste, l'air grave et respectueux, cherche toujours à comprendre comment on devient un meurtrier, mais les meurtriers ne le savent pas eux-mêmes. Ils se penchent vers la caméra, s'approchent terriblement près, comme s'ils voulaient saisir les spectateurs à la gorge et parlent de leurs meurtres comme d'autres parlent d'une soirée entre amis ou d'une excursion le week-end en famille. Certains sont même un peu offusqués de se voir si mal traités, de se retrouver en prison, de ne pouvoir se doucher qu'une fois par semaine et de finir peut-être exécutés, quelle injustice ! Souvent ils rient parce qu'ils sont eux-mêmes étonnés de ce qu'ils ont fait. C'est quand même dingue, je lui ai tranché la gorge. Les journalistes sont souvent des femmes, des Australiennes, qui manifestement s'intéressent beaucoup aux tueurs en série. C'est là toute la différence avec moi. Bon, il y en a peut-être d'autres. Je ne mangerai jamais de viande de kangourou par exemple, et je ne me hasarderai pas à rouler à gauche, même à bicyclette. Puis la connexion s'interrompt. J'ai épuisé mon forfait.

Je prends un journal. Quelqu'un a écrit un article sur Proust, ou plutôt sur le fait qu'il ne lit pas Proust. Ou l'a lu et ne l'a plus jamais relu. Je n'ai jamais lu Proust. Il ne m'intéresse pas. Ce qui m'intéresse encore moins, c'est de savoir pourquoi il n'intéresse pas d'autres personnes, et encore moins pourquoi il n'en intéresse plus d'autres encore. Malgré tout je lis l'article. Et je note une phrase qui me plaît : … quand j'affirme que j'existe en dehors de moi-même, que je sors de moi-même jour après jour et que je me reconnais davantage moi-même grâce aux autres que les autres grâce à moi. Ça a un petit côté solennel, je trouve. Il faudrait y adjoindre de la musique, une musique sublime, un hymne.

Je jette un œil du côté de Judith et essaye de déchiffrer le titre du livre qu'elle est en train de lire. Elle a dû s'en rendre compte, car elle tourne le livre et me le met sous le nez : Gershom Scholem, *Les Grands Courants de la mystique juive*. Ma foi. Si c'est ça que lisent les pasteures.

C'est Richard qui me l'a donné, mais je ne l'ai jamais lu. Lui non plus, m'a-t-il dit. C'est plutôt quelque chose pour toi.

Elle sourit. Écoute ça : « Quand le Baal Shem Tov avait une tâche difficile à accomplir, une œuvre secrète au profit des créatures, il se rendait à un endroit précis de la forêt, allumait un feu et, plongé dans des méditations mystiques, récitait des prières – et tout arrivait selon ses intentions.

Quand, une génération plus tard, le Maggid de Meseritz dut faire la même chose, il se rendit à ce fameux endroit dans la forêt et dit : Nous ne savons plus faire de feu mais nous savons toujours dire des prières. Et tout se fit selon sa volonté.

Encore une génération plus tard, Rabbi Moshe Leib de Sassov dut accomplir cette même tâche. Lui aussi se rendit dans la forêt et dit : Nous ne savons plus faire de feu et nous ne connaissons plus les méditations secrètes qui animent les prières ; mais nous connaissons le lieu dans la forêt où tout cela avait sa place et cela doit suffire. Et cela suffit. »

Ça lui aurait sûrement plu, dit Judith. Quant à savoir ce que c'est cette œuvre secrète au profit des créatures…

Raconter des histoires, proposais-je.

Nous nous sommes retrouvées à l'enterrement. J'ai appris par les journaux la mort de Wechsler. Il y avait deux avis de décès, l'un de sa maison d'édition et l'autre de sa famille avec un joli petit poème, mais bien peu consolateur :

Le monde emporte ses créatures
Les gens vont et viennent
Comme si tu n'avais jamais été
Comme si rien n'était arrivé.

Deux jours plus tard, dans les pages littéraires, il y avait un bref article, une colonne, pas de photo. Une voix discrète mais importante s'est éteinte dans sa patrie d'adoption, elle parlait de lumière, d'espaces et d'atmosphères. La nécrologie avait été écrite par un critique qui ne l'avait jamais aimé et avait souvent dit du mal de lui. Wechsler s'était une fois plaint de lui, il s'était montré vraiment geignard et je le lui en avais fait la remarque. Oui, avait-il dit, c'est une part de moi que je n'aime pas. Et il avait parlé d'autre chose.

Plus tard : Il y a eu des moments en société où je ne me plaisais pas. Je crois que les gens qui étaient là ne l'ont pas remarqué, je correspondais à leurs attentes, mais je n'étais pas moi, je n'étais pas honnête. Bizarrement je n'ai jamais eu autant de succès que dans ces moments de mensonge et de duplicité. Mais de temps en temps il y avait quelqu'un, homme ou femme, qui me regardait droit dans les yeux et je me sentais démasqué. Je ne voyais pas pour autant du mépris dans ces regards, plutôt une légère moquerie. Mais la honte que je ressentais devant cette personne qui m'avait percé à jour pesait plus lourd que le succès que j'avais auprès des autres.

Et comment vous vous en êtes sorti ?

En évitant ce genre de situation et en me repliant sur moi-même.

L'allemand préfère le mot *Nachruf* à celui de nécrologie. C'est un joli mot, il dit que l'on s'adresse encore à quelqu'un qui vient de disparaître, comme un dernier appel que le défunt entend peut-être là où il est, à la frontière entre la vie et la mort, dans cette lumière blanche dont parlent ceux qui en sont revenus. Wechsler se retournerait dans sa tombe s'il pouvait m'entendre. Il trouve que l'idée d'une vie après la mort n'a rien d'hygiénique, m'a-t-il dit une fois. Non, pas rien d'hygiénique : rien d'esthétique. Comme ces suites que l'on donne à tous les films qui ont eu du succès mais qui ne sont jamais aussi bonnes que le film de départ. Sauf pour *Le Parrain*, ai-je dit, le deux est au moins aussi bon que le un. Peut-être, a-t-il dit, mais pour ce qui est de ma vie il n'y a pas de suite, elle a un début et une fin bien définis. Et elle est aussi bonne ou mauvaise qu'elle a été. Elle a été bonne ? ai-je demandé. Il a eu un petit moment de réflexion puis il a dit : Oui, elle a été bonne. Très bonne même.

Comment c'était déjà ? D'une origine inconnue jusqu'à une fin de plus en plus prévisible et progressivement de plus en plus nettement reconnaissable. Wechsler a reconnu sa fin. Nous en avons parlé. Mais d'abord l'enterrement.

Il me fut facile de trouver la date et le lieu. Je ne peux pas dire pourquoi j'y suis allée. Il me semblait que nous avions encore un compte à régler. Étrange de voir qu'ils ramenaient Wechsler en Suisse après toutes ces années qu'il avait passées en France. Savoir si c'était son souhait ? C'était quoi, déjà, cette histoire de village ? Dans les êtres humains, dans les plantes, dans la terre vit une part de toi qui reste là, même si tu n'es pas là, et qui t'attend. Est-ce vraiment ainsi ? Ne serait-ce pas plutôt que vit en toi encore une part du village, des gens, des plantes, de la terre ? En tout cas maintenant il était de retour. Une part de lui, ses restes terrestres, comme on dit si bien. Pas si bien justement. La part mortelle est tout ce qui reste, ce ne sont pas des restes, c'est le tout. Du moins si l'on ne croit pas à l'éternité.

Judith a célébré la messe de funérailles non pas à l'église mais dans la chapelle du cimetière, un bâtiment assez osé datant des années 1950 ou 1960. Comment a-t-elle vécu ce moment ? Je m'attendais à tout instant à ce qu'elle éclate en sanglots, mais elle était trop professionnelle pour ça. Elle a dit des choses très belles sur Wechsler et ses livres, elle a lu aussi un passage de la Bible mais bien choisi, pas pesant, un passage tiré de l'Ancien Testament, je crois, Wechsler le préférait au Nouveau. Il faut que je lui demande quel était le passage. La musique aussi était très belle, du Bach, avec ça on ne peut pas se tromper. Il y a même eu des chants, *Dieu c'est Toi que nous louons*, et d'autres encore que j'ai oubliés.

Après la messe les participants sont sortis pendant que l'orgue trébuchait sur une cantate de Bach comme s'il ne trouvait pas la sortie. Les gens restaient debout dehors, ne sachant pas trop quoi faire. C'était début septembre, une de ces froides journées ensoleillées, une légère brise passait, l'air était limpide et la lumière avait quelque chose de scandinave. Il n'y avait pas beaucoup de monde mais pas trop peu non plus, assez pour que ça ne devienne pas gênant. Il s'était toujours tenu à l'écart de l'industrie culturelle, avait-il dit une fois, il en payait maintenant le prix. Quelques personnes restaient bien regroupées, sans doute la famille, des frères et sœurs, avait-il des frères et sœurs ? Des nièces et des neveux, des cousins, que sais-je, je ne me souviens plus de ce qui était écrit dans l'avis de décès. Notre cher quoi ? Frère, oncle, père, fils, cousin ? Ils avaient l'air sympathique, vraiment tristes mais pas de façon théâtrale. Personne ne sanglotait bruyamment ou ne s'effondrait contre le cercueil comme on le voit au cinéma. En fait, c'était un type gentil, mis à part le fait qu'il avait bousillé le film et ma splendide carrière de cinéaste. Il y avait aussi sans doute des gens du village. Je reconnus le boucher et le vieux professeur avec qui nous avions fait une interview. Quelques personnes avaient une attitude officielle et portaient des costumes sombres. Peut-être des politiciens du coin ? Ou des gens de sa maison d'édition ? Deux jeunes filles souriantes, c'était sans doute leur premier enterrement, elles étaient tout excitées. C'est bien. Ça aurait plu à Wechsler.

Judith avait d'abord parlé à la famille puis elle était allée saluer ici et là, avait serré des mains. Tout le monde semblait lui dire qu'elle avait bien fait les choses. Savoir si l'homme qu'elle évitait était son mari, le professeur entiché de photographie ? Il n'avait pas l'air antipathique. Plus beaucoup de cheveux mais apparemment bien en forme. Puis elle a dû m'apercevoir. Je me tenais un peu à l'écart, à côté d'une fontaine qui gazouillait paisiblement. À l'école où j'étais il y avait aussi une fontaine, je ne sais pas pourquoi ça me revient maintenant, je trouvais ça insolite mais beau en même temps d'avoir une fontaine dans l'entrée d'une école, à l'intérieur, pas devant le bâtiment, une fontaine qui gazouillait paisiblement. D'une façon générale tout donnait une impression de quiétude et de beauté solennelle, rien de triste. Dans le style, les gens viennent, les gens partent.

Judith m'a donné une brève accolade, geste de circonstance et chaleureux à la fois, puis elle s'est mise à côté de moi et nous avons observé ensemble les gens qui étaient là. C'est le maire, m'a-t-elle dit en me montrant l'un des hommes en costume sombre, qui menait une conversation animée avec deux autres. Je ne crois pas qu'il ait jamais lu un livre de Richard, mais c'est quand même gentil de sa part d'être venu, tu ne trouves pas ? Celui avec qui il parle est la personne chargée de la culture et l'autre le secrétaire communal. Le groupe, là, ce sont des anciens camarades d'école. Le type avec le chien, je ne sais pas qui c'est.

Les chiens ont le droit d'entrer dans le cimetière ? Je pensais à la multitude d'os qui s'y trouvait mais je n'ai rien dit. Ça aurait été un peu irrévérencieux.

L'homme là-bas, c'est ton mari ?

Elle n'a pas répondu.

Comme tout finit toujours. Toute cette excitation, tout cet empressement, les combats, les maladies et les thérapies, les opérations, les nuits blanches, les succès et les échecs. Puis la mort, l'autopsie, la constatation des causes de la mort, la paperasserie, les courriers à l'administration, les formulaires, les signatures. Et puis c'est fini, tout simplement, et on se retrouve là par une journée ensoleillée de septembre et on pense encore un peu à lui avant de rentrer chez soi.

Mais ce n'est pas triste.

Je sais ce que tu penses, a-t-elle dit. Mais c'est quand même très triste.

Judith feuillette son livre pendant que nous filons à trois cent dix-sept kilomètres-heure à travers la campagne française. Encore deux heures et sept minutes. Autrefois les trains faisaient un joli bruit qui endormait, tada, tada, tada, tada, tada, mais depuis que les rails sont soudés, c'est ce que m'a expliqué un ingénieur, on n'entend plus qu'un bruit régulier et le TGV fait un bruit de machine à laver. On devrait pouvoir télécharger une bande-son, des bruits de train, on aurait le choix entre les trains européens, le Transsibérien, les trains américains ; pour les américains il y aurait en plus ces bruits de corne que l'on entend dans les films, hou-hou, puis les trains de montagne, les trains à crémaillère, peut-être aussi les tramways.

J'ai obtenu un forfait supplémentaire de données Internet, cadeau de la SNCF. Juste comme ça. Merci bien. Et : évidemment que ça existe les bruits de train sur Internet. Il y en a même plus qu'il n'en faut. Dix heures de train à travers la forêt de Sibérie en hiver. On entend encore nettement le bruit, le tada, tada, tada, tada. Et devant la fenêtre couverte de givre, rien ne change, absolument rien, pas même la lumière. Tada, tada, tada, tada, tada, tada, tada, tada, tada, tada. Je n'ai pas regardé les dix heures en entier, j'ai fait du saute-mouton, j'ai peut-être raté une maison de garde-barrière ou une perdrix des neiges ou un passage à niveau, mais je n'ai pas l'impression d'avoir raté grand-chose. Un certain Sergey a mis cette vidéo en ligne et elle a quand même été vue par cent neuf mille personnes. Merci, Sergey. J'ai arrêté au bout de quelques minutes. Oh, de nouveaux *serial killers* ?

Je tourne mon regard vers Judith. Elle s'est endormie, elle ne semble pas trouver la mystique juive très passionnante. Le livre est posé sur ses genoux, elle a fermé les yeux, son visage paraît détendu. C'est une belle femme, très naturelle, maquillée de façon décente, c'est à peine si ça se voit. Elle est sportive mais habillée avec goût. Des sandales, un pantalon en toile, un haut sans manches et boutonné, ce doit être du lin. Si j'étais un homme, je la trouverais sexy.

J'essaie de m'imaginer comment elle était jeune fille. Peut-être pas si différente. Bien sûr sans cheveux gris, un peu plus fine peut-être et avec une de ces horribles coiffures comme on en avait à l'époque. Des mises en pli. Dans les années 1980, les jeunes femmes paraissaient beaucoup plus âgées qu'aujourd'hui, par chance c'est juste à ce moment-là que je suis venue au monde.

Parce que tu l'aimais bien, a dit Judith. Et parce que personne d'autre n'est au courant. À propos de lui et moi.

Vraiment personne ?

Elle m'a téléphoné dix jours après l'enterrement pour me demander si je voulais me rendre à Paris avec elle. Elle voulait aller dans la maison de Wechsler.

Tu veux dire : entrer par effraction ?

J'ai encore la clef, a-t-elle dit.

Richard lui avait dit qu'elle pouvait venir quand elle voulait, vu comme ça ce n'était pas une effraction. Et elle n'avait pas l'intention de prendre des choses qui ne lui appartenaient pas.

Des photos ? Des lettres ? Tu veux détruire des preuves ? Je ne peux m'empêcher de rire. Assez cool, cette femme.

Il n'y a jamais eu de crime, il n'y a donc pas de preuves non plus, a-t-elle dit. En plus, mon mari…

Encore quelqu'un qui ne termine pas ses phrases. Avait-elle parlé avec son mari ? Montrait-elle son attachement à Wechsler maintenant qu'il était mort et enterré ? Son mari lui avait-il pardonné ? Ou l'avait-il quittée ? Le quitterait-elle, dès lors que ça ne portait plus à conséquence ? Quoi qu'il en soit, elle voulait aller à Paris avec moi.

Bien sûr, ai-je dit. Quand ?

Quand nous descendons à Sceaux, je suis quand même un peu fatiguée, d'abord le long trajet en TGV, puis le trajet en RER, peut-être aussi l'excitation de faire quelque chose d'interdit.

Ici tout est très différent par rapport à la ville, davantage d'air, de lumière, de verdure, beaucoup moins de bruit.

Un peu plus bas il y a un Monoprix, dit Judith, c'est là qu'on faisait nos courses.

Je n'ai pas vraiment mangé de toute la journée, mais je ne vois rien dans le magasin qui me fasse envie. Va pour les spaghettis à la sauce tomate, avec ça on est sûr de ne pas se tromper.

J'ai une bonne recette pour la sauce. Rien que des tomates en boîte, un gros oignon coupé en deux, un bon morceau de beurre, pas de sel, pas d'épices ; laisser revenir à feu doux, enlever l'oignon, et c'est fini.

On peut faire ça, dit Judith. Elle achète encore du pain, parce qu'en France on achète toujours du pain, de la salade pour la bonne conscience, de l'eau et deux bouteilles de vin.

Le soir on pourra aussi aller manger dehors, dit-elle, autrefois il y avait un restaurant thaï dans le quartier, un italien et un marchand de sushis.

Et s'ils ont changé la serrure ?

Pourquoi ils auraient fait ça ?

C'est une rue tranquille qui décrit une légère courbe. Il n'y a pas beaucoup de circulation et pas beaucoup de passants non plus. Les jardins sont encombrés par la végétation, parfois c'est à peine si l'on voit les maisons que l'on devine seulement dans la verdure.

Certaines sont imposantes, bien entretenues, d'autres sont vétustes, il y a aussi quelques nouvelles constructions qui ne ressemblent pourtant pas à de nouvelles constructions mais font plutôt démodées et sans âge. On arrive devant la maison de Wechsler. Ce doit être la plus petite de toute la rue, combien, cent mètres carrés ? Elle est presque cubique. Une sortie de garage, un chemin pavé de plaques de ciment qui va du portail jusqu'au perron, en haut une terrasse sur toute la longueur de la maison avec une petite table en métal, trois chaises pliantes en assez mauvais état et une chaise longue. Le jardin n'est pas petit, il est entouré d'un mur en brique montant jusqu'à hauteur d'homme, couvert de lierre et dans l'ombre duquel poussent quelques hortensias clairsemés. L'herbe aussi est clairsemée, à certains endroits elle est haute, à d'autres elle laisse voir la terre. Devant la maison se trouve un grand cèdre, un peu plus loin un érable, des arbustes, sans doute des merisiers ou des cerisiers du Japon. Je reste en bas devant le perron pendant que Judith s'escrime avec la serrure. Une fois la porte ouverte, elle me regarde, attend que je la rejoigne et nous entrons ensemble. Veut-elle un témoin ? Je suis à deux doigts de lui prendre encore la main.

Ce doit être l'odeur qui règne dans toutes les maisons restées vides pendant plusieurs semaines et qui n'ont pas été aérées. Une odeur de renfermé mais pas désagréable. Une odeur chaude de tissus, de poussière et de bois.

Au début nous chuchotons comme si nous avions peur d'être prises sur le fait. Mais qui pourrait nous entendre, qui pourrait venir ? L'héritage traîne, a dit la sœur de

Richard à Judith, beaucoup de papiers à remplir alors même que tout est clair. Par chance son frère avait fait un testament. Une bonne partie de sa fortune ira aux impôts pour payer les droits. Il lui faudra aussi aller à Paris à un moment donné pour débarrasser la maison. Ou pour la faire vider par une entreprise spécialisée. Tous les dossiers iront aux archives littéraires de Berne, elles sont déjà au courant, le reste ira à la poubelle.

Il faut imaginer la maison un peu comme celle des *Gens de Dublin* de John Huston, encore ce film, il a vraiment dû me marquer. Pourtant je l'ai vu il y a des années. C'est le réveillon chez deux vieilles sœurs qui, chaque année à cette date, invitent leur famille et des amis. Ils parlent de politique, de religion, de l'Irlande et des Britanniques, chacun apporte un poème, on chante, on danse. Puis l'une des vieilles sœurs chante un aria de Bellini et la caméra glisse dans la maison vide et s'attarde sur des détails, un escalier, un tableau accroché au mur, quelques figurines en porcelaine, des vêtements posés sur le lit. Et en bas on entend toujours la voix un peu éraillée de la vieille femme au terme de sa vie, elle chante, c'est l'histoire d'une jeune femme qui se prépare pour son mariage. La voix résonne comme un écho de l'au-delà. Puisse sa vie être remplie de soleil et d'amour.

Non pas que la maison ait ressemblé à celle du film, pas du tout, mais l'atmosphère est la même, une maison qui a connu des jours meilleurs, qui n'est plus faite que de souvenirs, tout rappelle un autre temps, des gens qui ne sont plus là, on sent que des choses se sont passées ici, que des histoires sont cachées, mais on ne peut plus en saisir la trace. Oui, voilà à peu près ce qu'on ressent.

Le salon dont une fenêtre et une porte-fenêtre donnent sur la terrasse est de loin la plus grande pièce. Un canapé en cuir usé est poussé contre l'un des murs ; au centre, une grande table ancienne et quelques chaises en bois sombre. Et partout des étagères pleines de livres, de la littérature rangée par nom d'auteur, beaucoup de livres de poche, très peu de neufs, des papiers sur la table, par terre, quelques tableaux aux murs, rien d'exceptionnel, ils sont sûrement accrochés là depuis un siècle. Un étroit couloir longeant deux côtés de la pièce conduit à la salle de bain, deux chambres et la cuisine. Le réfrigérateur marche, mais il est vide à l'exception de quelques produits qui se conservent, une bouteille de vin blanc, de l'eau minérale, des olives, des câpres, un demi-bocal de Sambal Oelek. J'aimerais bien savoir combien de sauces au piment de cette marque moisissent dans les réfrigérateurs sur toute la surface du globe. Quelqu'un a-t-il jamais terminé un bocal de Sambal Oelek ?

La poubelle aussi est vidée, ce qui veut dire qu'une bonne âme est passée ici après la mort de Wechsler pour faire un peu de ménage, peut-être un voisin, un ami qui avait la clef. Et il s'est dit que les héritiers pourraient encore avoir besoin du Sambal Oelek. Ou est-ce du genre féminin : la Sambal Oelek ?

Il est évident que Judith va prendre la chambre de Richard. Va-t-elle changer les draps ? Je ne sais rien de précis sur sa mort, s'il est mort dans son lit, à la maison ou à l'hôpital. On ne trouve jamais ça dans les avis de décès, simplement : des suites d'une longue maladie. Après on ne pose pas la question. Peu importe d'ailleurs.

Mais l'idée de dormir dans les draps où quelqu'un est mort il y a peu de temps, je ne sais pas.

Je m'installe juste à côté, dans une pièce qui devait être le bureau et la chambre d'ami, à supposer que Wechsler ait reçu des visites, Judith mise à part. Il y a là un grand bureau qui n'est plus tout jeune et un lit *queen size*. Les draps ne semblent pas avoir été utilisés, ils ont une bonne odeur de lessive, Flower Dream ou Ocean Breeze, je ne pourrais pas dire, de toute façon ils sentent tous plus ou moins la même chose, quels que soient leurs noms. Ici aussi il y a des étagères, l'une remplie d'ouvrages philosophiques et théoriques, une autre remplie de boîtes d'archives, des cartons impeccablement étiquetés, certains portent le titre d'un livre de Wechsler, d'autres sont remplis de correspondance, de documents de voyage, de travaux journalistiques, de vieux textes. C'est le matériau idéal pour les archives littéraires, un jeune germaniste qui s'ennuie ou une germaniste mal payée mettra son nez dans tout ça et le classera pour l'éternité ou ce que l'on entend par là.

Il est dix heures quand nous avons fini la vaisselle. Judith a apprécié ma sauce tomate mais elle n'a pas beaucoup mangé. On pourra réchauffer le reste demain. Elle est fatiguée et a envie d'aller se coucher.

Je vais lire encore un peu, tu peux aller la première à la salle de bain.

Lorsque je vais me doucher une demi-heure plus tard, je l'entends pleurer à travers la porte fermée. Je m'arrête, hésite. Dois-je frapper, essayer de la consoler ? Mais qu'est-ce que je pourrais lui dire ? Ce n'est pas si terrible ? Bien sûr que c'est terrible pour elle, et ça a dû être deux fois plus terrible de ne pas avoir pu le montrer à l'enterrement. Il fallait qu'elle joue la pasteure qui distribue des paroles de réconfort, qui console, qui met la vie en perspective avec l'éternité. Alors que c'est peut-être elle qui subit la plus grande perte. Quand je sors de la salle de bain, je n'entends plus de bruit.

Impossible de dormir. Je regarde les livres rangés sur les étagères. Un rayonnage est rempli d'ouvrages sur l'histoire de l'art et la théorie de l'art, un autre de livres sur l'architecture, la musique, la philosophie, la religion, et beaucoup de livres sur l'écriture et sur quelques écrivains. Tous des hommes, tous des Blancs, tous morts. Mais oui, c'était un homme, il était blanc et il est mort. Non, là il y a un livre sur James Baldwin et un de Natalia Ginzburg sur Anton Tchekhov, et aussi une biographie de Natalia Ginzburg par une certaine Maja Pflug. Et un ouvrage sur Annette Droste-Hülshoff, un autre sur Emily Dickinson, un sur Marlen Hausofer, une biographie de Johanna Spyri. *Sorry*, Richard, j'ai été injuste avec toi.

Sur le bureau sont posées quelques photocopies. Deux lignes sont soulignées en rouge : *Un artiste choisit, même quand il se confesse. Et peut-être surtout quand il se confesse. Il allège, il aggrave, çà et là**… C'est de Paul Valéry, c'était qui déjà ? Et ça veut dire quoi, alléger ? Et aggraver ? Il n'y a pas de dictionnaire ici ? Mais M. Wechsler n'en avait certainement pas besoin, il parlait certainement français couramment. Si, là, il y en a un. Rendre plus léger, rendre plus lourd. Dans l'article il est question de François Villon, c'était qui déjà ?

Est-ce que Wechsler a mis ça là pour nous ? Il savait sans doute que c'était la fin, il n'est pas exclu qu'il comptait sur la visite de Judith, qu'il lui a laissé des messages. Le Sambal Oelek par exemple. Ou bien il a fait disparaître des choses qui auraient pu être un fardeau pour elle. En tout cas il n'y a aucune photo de Judith qui traîne, de toute façon il n'y a des photos nulle part, ni dans le séjour ni dans le bureau.

Qu'est-ce que je ferais si je devais mourir bientôt ? Vider le réfrigérateur ? Détruire de vieilles lettres ? Johanna Spyri a dû faire ça, je l'ai lu quelque part. Elle a brûlé tous ses papiers. On disait aussi qu'elle avait peut-être eu une relation avec Richard Wagner, je préfère ne pas imaginer. Et quand son éditeur lui a demandé d'écrire son autobiographie, elle a dit que sa vie publique n'était pas intéressante et que sa vie intérieure ne regardait qu'elle. Je me souviens de ça. Ce n'était peut-être pas ça du tout, mais cette femme me plaît. Est-ce que j'écrirais des lettres à des proches, à des amis ? Quand tu liras ces lignes, je serai morte. Non, c'est trop macabre. Simplement tirer sa révérence, tranquillement, sans faire de bruit. J'ai suffisamment fait de rangement dans ma vie, maintenant les autres peuvent s'en occuper. En récompense ils auront mes économies, les timbres dans le tiroir de mon bureau, ma collection non négligeable de monnaies étrangères et tous mes DVD. Malheureusement je n'ai pas de Sambal Oelek à offrir. J'appellerai peut-être untel ou untel, mais pas pour parler de ma maladie, juste pour discuter un peu, être particulièrement gentille et laisser un bon souvenir de moi.

Wechsler m'a appelée, c'était il y a environ un an, dix mois. Un soir à onze heures.

Wechsler : On peut parler ?

La question est plutôt de savoir si j'ai envie de parler avec un homme qui a foutu ma carrière en l'air. Bon, elle n'avait pas vraiment décollé non plus. Mais quand même. Je reste aimable, je n'ai jamais été rancunière, c'est du temps gaspillé. Et de toute façon les choses arrivent comme elles arrivent. Peut-être était-ce même bien d'abandonner ce rêve tenace. En tout cas, je vais maintenant avoir une retraite convenable. Et j'ai complètement arrêté de fumer. Presque complètement.

Oui, je peux parler.

Bien.

C'est à propos de quoi ?

Pour le film, je suis désolé, dit-il. Mais je crois nous avoir tous empêchés de gaspiller beaucoup de temps avec une entreprise inutile. J'aurais dû le savoir dès le début.

Alors pourquoi avoir commencé ?

À cause de vous. Il semble réfléchir. Oui, je crois que c'est la réponse juste. Pure vanité. Pour les vieux messieurs, c'est flatteur de voir des jeunes femmes s'intéresser à eux. Du moins pendant un certain temps.

L'inverse est peut-être aussi juste. Peut-être que je me suis sentie flattée aussi qu'il nous laisse faire ce film, qu'il nous fasse confiance, nous ait crus capables de découvrir quelque chose sur lui.

On va sauter l'épisode de la jeune femme et du vieil homme, d'accord ? On n'a pas couché ensemble après tout. Et vous n'êtes pas si vieux et je ne suis pas si jeune. De toute façon : c'est à faire bâiller.

Quoi ?

Bâiller.

Il rit.

D'ailleurs, je trouve ceux qui sont contre l'égalité des sexes tout aussi casse-pied, pour que les choses soient bien claires.

Merci.

Pourquoi il me remercie ? Pourquoi il s'excuse ? Est-ce qu'il est devenu pieux et se croit-il obligé d'appeler tous ceux à qui il a fait du tort dans sa vie ? J'en ai connu un comme ça ! Terrible.

C'est un peu comme dans une psychothérapie, dit Wechsler. On aimerait pouvoir croire que la personne qui est assise là est capable de comprendre tout ce qu'on n'a jamais compris, mais au fond on sait depuis le début que ce n'est pas possible. On fait déjà fausse route quand on essaye de s'analyser soi-même. Alors comment un autre… ? Une autre… ?

Je n'ai pas cru une seule seconde qu'il m'avait appelée pour ça, mais je ne lui tends pas de perche, il ne l'a pas mérité. J'ai ouvert dans mon ordinateur le dossier avec les vidéos de l'époque, à vrai dire j'aurais dû les effacer depuis longtemps mais… j'ai toujours un compte à régler. Je laisse Wechsler marcher dans Paris. Il attend à un coin de rue, nous lui donnons le signal, il se met en mouvement comme un jouet en fer-blanc qu'on a remonté et qu'on lâche. Il est vraiment ridicule.

Je suis malade, dit soudain Wechsler, gravement malade. Enfin, je ne sais pas encore exactement. Mais tout le laisse croire.

Il me raconte toute l'histoire, qui ne joue plus aucun rôle maintenant parce que les histoires de malades se règlent avec leur fin, peu importe comment elles se terminent. Ça se dit ? Les guerres se terminent, les matchs de foot se terminent, mais une maladie peut-elle se terminer ? Peu importe. Quoi qu'il en soit, il me raconte tout et j'écoute, disant seulement parfois oui ou autre chose ou lui posant une question parce que je n'ai pas compris un mot. Canal cholédoque ? Échogénicité ? Il précise alors. Suis-je vraiment obligée de savoir ça ? Est-il vraiment obligé de savoir ça ?

Voilà, c'est à peu près tout, dit-il pour finir, merci de m'avoir écouté.

J'ai parlé avec Judith, dis-je.

Ça lui en bouche un coin.

Comment vous saviez…

Comment je savais quoi ? Ce n'était pas sorcier.

Ou bien lui ai-je raconté ça à notre deuxième coup de fil ? Il a en effet appelé encore une fois. Au début je me suis dit : Je ne suis pas SOS chagrin, puis je me suis dit que le pauvre homme n'avait personne à qui parler de tout ça. Ou à qui il voulait parler de tout ça. À qui on raconte ça ? À qui je le raconterais ? Certainement pas à Tom. Et à personne de ma famille non plus. Plutôt à quelqu'un que l'on ne connaît pas beaucoup mais à qui on fait quand même confiance. Un thérapeute quand on en a un, une pasteure. Si tant est qu'on ne couche pas avec elle.

Oui, c'est ça, je lui ai demandé : Pourquoi vous n'appelez pas Judith ? Et lui : Comment vous savez… ? Et moi : Ce n'était pas sorcier.

Judith, dit-il d'une voix absolument neutre. Il avait déjà eu cette voix une fois, à l'époque, quand nous avions parlé de la mer.

La mer. Point. Judith. Point.

Nous sommes allés nous promener. Nous sommes allés boire une bière. Pas seulement une. Dans le café où vous étiez toujours avec elle.

Au Winkelried. Vous l'avez filmée ?

Non.

Il ne me demande pas de quoi nous avons parlé avec Judith, ce qu'elle m'a raconté, ce que je sais, ce que je devine. Elle ne m'a rien raconté.

Pourquoi vous ne parlez pas de votre maladie avec elle ?

Je ne veux pas l'alarmer.

Alarmer, encore un joli mot, même s'il ne s'applique pas à quelque chose de joli.

Oui.

Quand avez-vous parlé avec elle pour la dernière fois ?

Pas de réponse.

Quand… ?

Il est préférable…

Quoi… ?

Écrire.

J'ai la trouille, dit-il. Et ensuite je me sens tout léger et libre. Je vois maintenant le monde différemment, tout est plus intense, la peur mais aussi la joie. Chaque fois que je vois un vieil homme ou une vieille femme dans la rue je me dis : Des années de sursis. Savez-vous quel cadeau vous fait la vie à chaque jour qui passe ? Vous pouvez encore aller où bon vous semble, boire un café, faire des courses, sortir votre chien. Quand je vois des enfants, je me demande combien de temps ils seront encore là, quelle sera leur vie quand je serai mort depuis longtemps. À quoi ressemblera leur monde, la forêt, la ville, leur appartement et leur maison, leur quotidien. Jamais je n'ai autant savouré la vie que maintenant et je n'ai pas envie que ça finisse. Je veux rester là où je n'ai jamais été.

Est-ce une citation ? Pleure-t-il ?

Vous souffrez ?

Non.

J'ai pris des notes, j'ai toujours un carnet avec moi, une sorte de bouillon, brouillon, moitié agenda moitié je ne sais quoi. Je prends des notes sans raison précise, par simple habitude ; trouille, j'ai noté ça, sueurs nocturnes, canal cholédoque, échogénicité, Judith. Pourquoi je note tout ça ? Nous ne disons plus rien.

On croit toujours que le meilleur est à venir, dit Wechsler, comme si toute cette foutue vie n'était qu'un prélude. Et puis soudain on sait : il n'y a plus rien après. Cette idée que vivre quelque chose pour la dernière fois…

Pour la dernière fois, je le note aussi. Le dernier automne, le dernier hiver. Le dernier printemps. La dernière étreinte avec Judith. La dernière saucisse grillée. Se brosser les dents pour la dernière fois. Et je me sens minable, comme si je volais ses émotions.

Peut-être qu'il en est de la vie comme de l'art, dit Wechsler, on ne peut pas s'exercer. On est précipité dedans et on fait ci et ça, ou on ne le fait pas. Mais à chaque fois c'est du sérieux.

Je note sérieux.

Je voudrais aller encore une fois au bord de la mer, dit Wechsler.

Je note, dernière fois au bord de la mer.

Vous devriez appeler Judith, dis-je. Elle a le droit de savoir.

Il rit, à peine si je l'entends. Puis de nouveau le silence.

Yaourt, je note, lait, oignons, pommes de terre, salade verte, bouillon de poule, bière. Il y avait encore quelque chose.

Papier toilette, dis-je. Zut. Mais il ne semble pas avoir entendu.

Nous avons aussi parlé d'autres choses. Conversations avec un homme qui va mourir. Est-ce que ça ferait un bon titre ? Conversations sur les choses ultimes ? Savoir si ça pourrait intéresser quelqu'un ? Je prends malgré tout des notes, peut-être pour mettre de l'ordre dans mes pensées.

Wechsler a été plus gentil qu'auparavant, il n'a plus pesté sur d'autres écrivains et écrivaines. Savoir s'il trouve leurs livres meilleurs maintenant ? Évidemment pas. Mais il ne leur en veut plus. C'est déjà quelque chose pour un égocentrique comme lui.

Ils ne cherchent d'ailleurs qu'à boucler les fins de mois.

Pourquoi les gens sont-ils toujours aussi agressifs avec les livres qu'ils n'aiment pas ? Au lieu de simplement les ignorer ?

Les livres nous touchent de très près, dit Wechsler, beaucoup plus que les tableaux ou les films. Ils se glissent dans nos têtes, modifient nos pensées, évoquent des images, engendrent des fantasmes. C'est ce qui est beau avec les livres, mais en fait c'est une sacrée prétention. Et quand ensuite un auteur n'est pas honnête, utilise des procédés ou nous impose des images que nous ne voulons pas avoir dans notre tête, c'est comme s'il nous opérait le cerveau contre notre volonté. Une œuvre d'art qui ne vous convient pas, vous l'ignorez simplement, mais un livre que vous avez lu une fois, vous ne pourrez jamais plus vous en débarrasser. C'est comme si vous aviez mangé quelque chose d'avarié, il faut alors le vomir.

Est-il devenu critique envers lui-même ?

Je sais aujourd'hui ce que je peux faire et ce que je ne peux pas faire. Mais vous ne devez pas penser à ça quand vous travaillez, sinon il va vous manquer la détermination. Vous ne devez pas vous figurer que vous êtes la plus grande, vous ne devriez rien vous imaginer du tout et bien évidemment vous devez sans cesse examiner et améliorer ce que vous avez fait. Mais quand vous faites quelque chose, faites-le avec toute votre force de conviction et toute votre détermination. Imaginez que vous êtes en haut du tremplin de dix mètres et que vous n'arrêtez pas de vous demander si vous allez réussir et de penser à tout ce qui pourrait aller de travers. Vous ne sauterez jamais. Ou si vous sautez, ça va sûrement mal se passer. Parce qu'il vous manque la tension, la tenue. Vous êtes là-haut, vous tendez votre corps, vous comptez jusqu'à trois et vous sautez. Et volez.

C'est drôle qu'il prenne cet exemple. Est-ce que je lui ai parlé de cette vidéo ? Ou c'est lui qui m'en a parlé ?

Non, c'était Tom. Mais Tom me semble très loin maintenant, comme quelqu'un dont on m'a parlé et dont je me souviens à peine.

Tom existe-t-il encore ? Il mène une vie quelque part, il poursuit des projets, rencontre une femme, emménage dans un nouvel appartement, paye ses factures, appelle sa mère, se compose des menus avec entrée, plat, dessert qu'il mange ensuite tout seul. C'est le contraire de ce jeu auquel nous jouions parfois quand nous étions petits : on se tient tous debout sans rien dire, on se regarde dans les yeux, quelqu'un rit. Il se tourne et, pendant qu'il ne regarde pas, les autres courent pour essayer de toucher quelqu'un, de l'attraper, jusqu'à ce que le premier se retourne et que tous doivent instantanément se figer, comme s'ils étaient de glace. C'est Tom qui est immobile et silencieux. Savoir si je me retournerai un jour vers lui ?

Pendant l'une de nos conversations nocturnes, Wechsler m'a exposé son idée d'une nouvelle religion, une religion sans croyance.

La plupart des gens ne croient à rien de toute façon et n'ont sans doute jamais cru à rien. Sinon ils ne vivraient pas comme ils vivent. Les fondateurs de religion auraient dû penser à ça. Ne pas forcer les gens à croire ou tenter de les convaincre. Ils auraient simplement dû dire : Ce sont nos histoires, écoutez et faites-en ce que vous voulez. Vous pouvez manger ce que vous voulez, vous pouvez vous habiller comme vous voulez, vous pouvez faire ce que vous voulez, vous pouvez faire l'amour autant que vous voulez et avec qui vous voulez. Vous devrez juste vous comporter de façon plus ou moins convenable, mais c'est déjà ce que vous faites. Notre religion est comme un médicament que nous vous prescrivons et qui vous rendra immortels. Vous n'êtes pas obligés de savoir comment ça marche, vous devez juste le prendre trois fois par jour ou même seulement une fois, avant ou après les repas, ou une fois par semaine, comme vous en avez envie. Nous avons de belles paroles, de belles histoires, nous portons de beaux vêtements, on joue de la belle musique, on allume des cierges, on brûle de l'encens. Ce sont nos incantations, nos prières, ce sont nos rites. Prenez-les, ils ne coûtent rien, mais ils ont un effet. Vous n'êtes pas obligés de nous croire, vous verrez par vous-mêmes. Un effet placebo ? Et alors ! L'important c'est que ça vous aide.

J'ai ri. J'ai essayé, plutôt pour m'amuser. Je vais maintenant prier pour vous, ai-je dit. Merci, a-t-il répondu. Et je l'ai fait pendant que nous étions encore au téléphone. J'ai dit : Attendez un peu, j'ai posé le combiné et j'ai prié pour lui en silence. Mains jointes comme il se doit. Mon Dieu, fais que Richard recouvre la santé, ne le fais pas mourir.

Si ça a aidé ? Aucune idée, mais c'était une bonne sensation. Pour lui aussi. Il me l'a dit.

Merci. Une fois de plus.

Il a appelé tous les jours, tous les deux jours. Je savais pratiquement en temps réel quel était son état. Comme si j'avais un de ces appareils que l'on voit toujours dans les séries sur les hôpitaux, qui affichent les données pendant l'opération, bip… bip… bip… bip… bip. bip, bip, bip, bip. Et finalement le bip, bip devient un son continu et c'est la panique.

Puis Wechsler a cessé d'appeler. Au bout de quelques jours j'ai regardé les notes que j'avais prises pendant notre dernière conversation téléphonique. Avait-il laisser entendre qu'il allait partir ou qu'il devait aller à l'hôpital, ou quelque chose dans ce genre ? Je n'ai pas toujours fait très attention quand il parlait, ça durait souvent des heures et mon oreille pressée contre le combiné devenait brûlante. Parfois je faisais quelque chose à côté, je repassais ou jouais sur mon ordinateur. J'ai noté hémi-hépatectomie, et aussi laparoscopie. J'avais dessiné des petits nuages autour des mots, et à côté un œil. J'aime bien dessiner des yeux. Au lycée, un professeur de dessin nous avait montré quelques trucs et c'était super. Ensuite je dessinais des yeux à la moindre occasion jusqu'à ce que quelqu'un me dise que c'était un peu inquiétant tous ces yeux dans mes cahiers et mes manuels, alors j'ai arrêté. Notre professeur nous avait aussi montré comment dessiner une bouche. En fait on ne fait que trois traits ; un arqué vers le haut pour la lèvre supérieure, un trait droit pour le milieu, là où les deux lèvres se rejoignent, et un pour la lèvre inférieure, un peu plus long mais arqué aussi vers le haut. Le nez, c'est ce qu'il y a de plus difficile à faire. Mais il s'agit toujours d'épurer au maximum. Nous n'avons pas de traits sur notre visage, uniquement des ombres. Regardez, nous disait toujours ce professeur, je ne me rappelle plus son nom, ne dessinez pas ce que vous croyez voir, dessinez ce que vous voyez. Un visage ce n'est pas deux yeux, un nez, une bouche. Un visage c'est un tout, une unité, une forme. Les oreilles aussi étaient difficiles à faire.

Ce professeur était assez caractériel et nous avions tous un peu peur de lui. Il aurait bien aimé être un artiste, il a d'ailleurs fait des choses en ce sens mais au niveau local. Tantôt une exposition dans une galerie en sous-sol ou au café Cindy, tantôt une affiche un peu trop ambitieuse pour la crèche vivante du lycée. Peut-être était-ce un cubiste attardé. De toute façon dans mon village personne n'avait jamais entendu parler de cubisme, je suppose. En y repensant, ça me semble un peu tragique, mais aussi honnête. Certes il n'a jamais eu de succès comme artiste, mais il n'a pas fait de compromis, il n'a jamais été l'une de ces superstars futées avec leurs équipes, leurs fabriques et leur merchandising, qui produisent de l'art comme d'autres font des saucisses. Qui feignent d'être politiquement engagés et vendent leurs œuvres à des gens qui sont riches parce que leurs grands-parents ont exploité des travailleurs forcés pendant la guerre.

Elíasson? Ah non ! Y a-t-il encore quelqu'un pour le prendre au sérieux ? *Love is not enough* ? Non, l'amour ne suffit pas, il faut du fric. Il a même écrit un livre de recettes. Les plats ne sont pas seulement de la nourriture ; ils sont aussi source d'inspiration créatrice et de conversations conviviales. Une feuille de salade est dans son essence de la lumière solaire stockée. En mangeant nous intégrons le monde et apportons de la lumière dans notre corps. De la lumière végane évidemment. Risotto de chou vert à la toscane avec champignons et romarin.

Et ces acrobates du domaine public, tout autant qu'ils sont, auront sombré dans l'oubli dans vingt ou trente ans, mais d'ici là ils s'en seront mis plein les poches. Mon professeur était différent, caractériel, colérique, empathique, enthousiaste et sans doute alcoolique. Elíasson, lui, fait sûrement du jogging et se prépare le soir des menus véganes avec entrée, plat, dessert.

C'est peut-être à cause de ce professeur que je me suis inscrite aux Beaux-Arts. Une fois il m'a dit : Tu ne dois pas faire quelque chose, tu dois trouver quelque chose. C'est peut-être la phrase qui a été déterminante pour toute ma carrière artistique. Pour ce que j'appelle ma carrière artistique. Peut-être suis-je aussi un peu tragique. En vérité je devrais me remettre à faire des films. Ou bien écrire un livre. Mais sur quoi ? On ne devrait pas écrire de livres sur des sujets précis, a dit un jour Wechsler, en tout cas pas de romans.

Anse intestinale. Et ce truc à côté ? L'intestin grêle ? On dirait plutôt un vers de terre.

Près du bureau je trouve un dossier ouvert. Sur l'étiquette est écrit : « Une fantaisie du temps. » Je sors le contenu, une pile de papiers, un prospectus sur la chapelle de l'Épiphanie que nous avait indiquée un jour Richard, un feuillet d'information des Missions étrangères, un prospectus sur l'hôtel de son village où nous devions nous retrouver. Une carte : « *Welcome* ! Bienvenue dans notre équipe. Nous nous réjouissons de pouvoir travailler ensemble et nous te souhaitons un fantastique départ. » Il y a aussi quelques pages de journaux, certaines phrases sont soulignées, un article du *New Yorker*, « Making sense of who we might have been », qui ne dit pas grand-chose mais se termine par cette jolie phrase : *Much must be left unsaid, unseen, unlived*. Dans la pile il y a aussi des tirages de quelques poèmes, Eichendorff, *Auf meines Kindes Tod*, Thomas Brasch, Dylan Thomas, Andreas Gryphius, un planning assez incomplet et contradictoire, des photos de notre tournage à Paris, je ne sais pas à quel moment il les a faites, et enfin un petit carnet.

Les notes datent environ du début de nos conversations préliminaires concernant le projet du film, la première dit : Vaincre le temps. Se mouvoir consciemment dans le temps, d'abord prudemment puis de façon de plus en plus hardie.

Ça ressemble à des notes prises en vue de l'écriture d'un roman que Richard n'a plus eu le temps d'écrire. Des personnages reviennent, indiqués par une lettre, le plus souvent W. et A., mais aussi J. et T., et parfois la fille de W. Pendant que je lis les notes, le livre se révèle devant moi, non pas sous forme de texte mais plutôt comme un espace à travers lequel je me déplace, une construction de pensées avec des coins et des recoins où je pars à l'aventure :

Sa maison à Paris, comme s'il n'était jamais venu : rien que des livres, beaucoup de livres. Peut-être qu'il ne vit pas dans cette maison, ou ce n'est qu'une vie possible qu'il pourrait avoir vécue.

W. n'a habité nulle part, existe-t-il vraiment ? Toutes les traces se perdent dans le flou.

W. et A. s'imaginent le village. A. habite chez lui dans la maison. Qui écrit le livre ?

Peut-être que W. meurt.

C'est ce qu'il y a de plus passionnant en littérature. Le moment où l'on invente. Agota Kristof.

A. : Il nous observe.

W. a une fille qui habite encore dans le village.

Quand A. pense à quelque chose W. semble le savoir mais pourquoi ?

Rien ne va ensemble.

Brouillard complet.

L'art de permettre le hasard sans perdre des yeux la forme. Le hasard comme élément de la forme. Mais comment le maîtriser ?

A. trouve un carnet de W.

Je lève soudain les yeux, comme si j'avais été prise sur le fait, mais je suis seule dans la pièce. Suit une liste de courses :

Lait

Yaourt

Oignons

Pommes de terre

Laitue romaine

Bouillon de poule

Bière

Papier toilette

Puis de nouveau des notes pour le livre :

A. : Auriez-vous vécu autrement si vous n'aviez pas écrit ?

Un chien (un carlin) lèche les jambes rasées d'un homme.

A. arrive dans la maison de W., elle est vide.

W. : Je me suffis de plus en plus à moi-même.

Peut-être que W. n'existe pas ?

Ça veut dire quoi quand l'auteur meurt ? Dieu est mort ?

Est-ce important de savoir ce qui est vrai ? Ce qui est vraiment arrivé ?

Chaque événement de notre vie modifie tout ce qui était avant.

W. : se retirer du film était la seule possibilité de le sauver.

Toutes les bêtises que je dis tous les jours, toutes ces tentatives pour comprendre quelque chose. Pensée en rond.

Une pensée, une action.

Voir la mer une dernière fois.

Voir la mer comme pour la première fois. Mais comment ? Pourrais-je dire autre chose à la fin que la rumeur de la mer ? Jürgen Hosemann, *La Mer*, le 31 août.

Le secret de la rédemption s'appelle souvenir.

A-t-on le droit d'adresser des condoléances pour la mort d'un chien ?

Flaques d'eau dans un chemin creux, à côté un champ de courges déjà ramassées, mais il en reste encore quelques-unes, pas mûres et toutes rabougries au milieu des feuilles abîmées. Un pré avec des pommiers hautes tiges. Une allée part de la route et conduit à des étangs, des bouleaux, certains ont été plantés récemment, d'autres sont vieux avec des excroissances sur leurs troncs. Des nichoirs sont accrochés aux arbres.

Si, après ma mort, vous voulez écrire ma biographie, rien de plus facile. Elle ne comporte que deux dates : celle de ma naissance et celle de ma mort. Entre les deux, tous les jours m'appartiennent. Alberto

Caeiro, hétéronyme de Fernando Pessoa, *Le Gardeur de troupeaux*.

Ce n'est pas l'auteur qui raconte, ce sont les êtres et les événements qui racontent.

Je suis chez moi dans mes textes.

Silence.

Quel genre de livre cela aurait bien pu donner ? Savoir si A. c'était moi et J. Judith ? Mais n'a-t-il pas dit une fois qu'il n'écrivait jamais sur des personnes réelles, que ses personnages étaient toujours inventés ? Et si Judith et moi étions inventées ?

Je crois que j'ai un peu trop bu. Il vaut mieux que j'aille me coucher maintenant.

Quand je me réveille le lendemain, Judith est déjà allée acheter des baguettes et des croissants et elle a fait du café. Après le petit-déjeuner on s'assied dans le salon, moi mon portable sur les genoux, Judith avec un livre de Richard. Elle semble se retenir de fouiller dans ses affaires. Non pas à cause des héritiers, à cause de lui. C'est aussi un peu agressif, il faut bien le dire. Et elle ne sait pas ce qu'elle trouvera. Peut-être y avait-il d'autres femmes dans sa vie, sûrement qu'il y en avait. Dans sa vie à elle il y a bien eu un autre homme, elle ne peut exiger qu'il l'adore comme un moine adore la Vierge Marie et reste chaste. Mais la comparaison est bancale. Ils ont quand même couché ensemble, même s'ils ne se sont pas vus très souvent. Pas très chaste tout ça. Même si elle ne m'a pas donné de détails. Elle m'a seulement dit à l'époque qu'elle entretenait une relation amoureuse avec Wechsler. C'est le mot qu'elle a employé, pas une aventure ou une liaison ou une amourette. C'était un peu étrange de l'entendre parler de ça. Il faisait presque nuit là-haut sur la colline et, comme je l'ai dit, j'avais plutôt l'impression qu'elle se parlait à elle-même. Mais qu'une pasteure avec qui on a parlé une demi-heure auparavant d'ornements religieux se mette soudain à faire des confidences sur sa vie intime, ce n'est pas très commun. Richard est l'amour de ma vie et je suis l'amour de sa vie, elle a dit ça comme une évidence, avec la plus grande assurance. Et un peu comme un défi. Cela avait l'air d'avoir un effet libérateur sur elle. Tout ça s'était accumulé pendant des années, la mauvaise conscience mais aussi la joie engendrée par leur relation, l'étonnement sur elle-même et peut-être même une certaine fierté qu'elle, la pasteure du village, si raisonnable, si objective, si protestante, peut-être même aussi si ennuyeuse aux yeux de tous, que cette pasteure ait encore une tout autre facette. Une part obscure. Ou plutôt claire. C'était sans doute ça qu'elle voulait me dire.

Quoi qu'il en soit, nous sommes allées le lendemain dans le parc qui se trouve à quelques centaines de mètres seulement de la maison. Ce parc ressemble un peu à l'idée que je me fais de Versailles, mais sans Versailles. Je veux dire sans le château. Mais énorme ! Avec des bassins et des allées qui n'en finissent plus, des haies, des massifs ornementaux, des immenses pelouses et de la forêt ; sur une pente sont aménagées des cascades, de l'eau qui tombe de bassin en bassin ; des fontaines, des statues, une orangerie, un café, des aires de jeu, il y a même dans un coin des terrains de football et de tennis. Le tout doit faire au moins un kilomètre carré, si ce n'est plus.

Nous avons certainement passé deux heures à nous promener sans but dans le parc et nous avons parlé. À cette heure de la journée il n'y a presque que des joggeurs, des gens qui promènent leur chien et quelques assistantes maternelles avec des flopées d'enfants tous habillés d'un gilet jaune fluo et qui courent dans tous les sens en criant comme des moineaux. Même si les moineaux volent davantage qu'ils ne courent.

Ça m'a longtemps préoccupée, je ne sais pas pourquoi j'y pense justement maintenant, peut-être à cause de tous ces gens avec leur chien : peut-on adresser ses condoléances à quelqu'un qui vient de perdre son chien ? Ou est-ce un blasphème ? Doit-on simplement dire : Je suis désolé, mais ce n'était qu'un chien ?

Judith rit. Bien sûr qu'on a le droit. Adresser ses condoléances, ce n'est rien d'autre que montrer sa compassion, *con-* veut dire « avec » et *dolere* veut dire « être en deuil » ou « souffrir ». Chaque fois que quelqu'un souffre on peut s'associer à sa souffrance.

J'aurais peut-être dû faire du latin à l'école. Deux femmes avec des poussettes arrivent en sens inverse, l'une a en plus un chat en laisse. Un chat !

Et pour les chats ?

Pareil pour la mort d'un chat, dit Judith.

Et quand une voiture tombe en panne ? Ou une machine à laver ?

Dans ces cas-là, je n'irais peut-être pas aussi loin, dit Judith.

Nous nous sommes engagées dans les splendides allées bordées de très longues rangées d'arbres bien taillés ; derrière se trouve la forêt, sauvage, avec tout un réseau de chemins et de sentiers, du bois mort sur le sol, des buissons.

Regarde, Judith rit et montre discrètement un homme en short assis sur un banc avec, à ses pieds, un carlin en train de lui lécher les jambes.

Tu as lu *Tous les jours de ma vie* ? me demande Judith.

Je ne crois pas.

C'était son quatrième ou cinquième livre.

Ça fait un peu kitsch comme titre.

Je ne demande qu'une chose et la désire ardemment : habiter tous les jours de ma vie dans la maison du Seigneur / pour contempler la magnificence de l'Éternel / et admirer son temple. Psaume 27, dit Judith, mais ça n'a en fait rien à voir avec le livre.

Tu connais toute la Bible par cœur ?

Non, elle se remet à rire, imagine un peu. Juste quelques passages importants ou particulièrement beaux.

Moi j'oublie toujours les titres des livres que j'ai lus, dis-je, et souvent aussi les noms des personnages et parfois aussi ce qui se passe dans le livre, et le nom de l'auteur ou de l'autrice de toute façon.

Et tu te souviens de quoi alors ?

Du livre, dis-je, et je me sens soudain très bête.

Judith me raconte l'histoire. C'est un Suisse qui vit à Paris, un professeur. Il mène une vie sans grand projet, il a des amourettes, il fait son travail plus par habitude que par plaisir et brusquement il tombe malade. Ou il croit être malade, il a des symptômes. Du jour au lendemain il chamboule toute sa vie, il dit adieu à ses amantes, prend congé de ses amis, vend son appartement, quitte son travail et retourne en Suisse dans le village où il a grandi, pour voir encore une fois son amour de jeunesse. Elle s'est mariée entre-temps, mais elle consent à le rencontrer. Ils se donnent rendez-vous au bord d'un petit lac où ils allaient toujours se baigner il y a des années de cela et où ils se sont embrassés une fois. Et arrive ce qui devait arriver : ils font l'amour au bord du lac.

C'est notre histoire, dit Judith. Sauf qu'il n'était pas malade. En tout cas pas à ce moment-là.

Voilà qu'on les retrouve : le village, l'eau, la femme.

Nous avons été au bord de ce lac.

Je parle à Judith du détour que nous avons fait avant d'arriver dans le village. Elle me dit que ce n'est pas le bon lac, là ils n'y sont jamais allés, il était beaucoup trop loin.

Mais Richard m'avait dit le nom du lac. Avait-il fait exprès de nous induire en erreur ou la fiction lui semblait-elle déjà plus vraie que la réalité ? La femme ce n'est pas moi et l'homme ce n'est pas Richard, et ce n'était pas au bord d'un lac mais dans la forêt, dit Judith, mais le livre raconte notre histoire.

L'action me semble connue, je crois que j'ai lu ce roman. Mais j'en ai gardé un tout autre souvenir. Il y avait encore une autre femme qu'il a emmenée au village, une assez jeune avec qui il avait une liaison. Maintenant je me souviens, et ça m'avait passablement irritée à l'époque. Pourquoi emmène-t-il une de ses amantes alors qu'il a l'intention de revoir son amour de jeunesse ? Pratique comme bouche-trou ? Au cas où ça ne marcherait pas avec l'autre, l'ancien amour ? Puis il la congédie, une scène assez dure, moche, je m'en souviens, c'est à la gare. Il veut lui donner de l'argent pour le billet, le salaud, mais elle lui dit plus ou moins textuellement : Tu déconnes ? Judith doit avoir complètement éclipsé cette femme. Et puis cet amour de jeunesse couche effectivement avec lui, mais la femme lui dit aussi que ce n'est qu'une histoire, pas la réalité. Que la réalité, c'est son mari et ses enfants et qu'elle doit maintenant partir pour préparer le déjeuner. Il y a quand même certaines choses que je n'ai pas oubliées.

J'ai relu les passages au cours de l'après-midi. Les livres de Richard sont un peu partout dans la maison. C'est en fait un livre triste à mourir. L'homme imagine ce qui se serait passé si à l'époque il avait fait sa vie avec cette femme. Il sait qu'ils ne sont pas vraiment faits pour vivre ensemble, qu'ils étaient beaucoup trop jeunes, il imagine qu'il l'aurait rendue malheureuse. Puis il se dit que si son amour pour elle a survécu aussi longtemps c'est parce qu'il ne s'est jamais réalisé. Ça se passe lors de leur dernière rencontre près d'une cabane dans la forêt. Et il lui demande : À quoi tu penses, et elle dit : À rien. Bien sûr que j'ai lu le livre, je crois même que c'est l'un de ceux que j'ai le plus aimés.

Mais pour Judith c'est un livre totalement différent, le prologue vers son histoire qui n'a pas vraiment de happy end non plus, mais qui a une fin un peu plus *happy* tout de même.

Nous nous sommes ensuite installées dans le café à côté du petit château et nous avons partagé un sandwich plutôt moyen avant de retourner dans la maison.

Judith veut se reposer un peu. Elle va dans la chambre de Wechsler mais ne ferme pas complètement la porte, comme si elle ne voulait pas couper la communication avec moi, comme si elle ne voulait pas être seule avec l'esprit de son amant. Je m'allonge sur le lit dans ce qui est le bureau ou la chambre d'ami. Cherche les passages dans le livre et finalement reprends depuis le début. Quand je lis des livres de Wechsler, j'ai toujours l'impression d'entendre la voix des morts, je ne sais pas pourquoi. Ça a quelque chose de réconfortant, ce sentiment qu'ils sont toujours là, qu'ils ne mourront pas, même s'ils sont morts depuis longtemps. Je n'ai même pas besoin de lire les livres, il suffit que je les regarde, me les rappelle.

Je pourrais piquer tel ou tel livre, il y en a tellement ici et ils finiront de toute façon à la poubelle. Sauver les livres de Richard pour que sa voix ne s'éteigne pas.

Je dois faire l'effet d'un Cerbère à Judith, je surveille les papiers de Richard, si elle veut y avoir accès, elle doit passer devant moi. Je cherche sur Google : Cerbère. Kérberos en grec. Démon des enfers, souvent représenté dans la mythologie grecque comme un chien à plusieurs têtes qui surveille l'entrée des enfers pour qu'aucun vivant n'y pénètre et qu'aucun mort ne s'en échappe. Il faut donc aussi surveiller les morts ? On peut amadouer Cerbère en lui donnant un gâteau au miel. Il y en avait toujours dans le sud de la France, de gros pavés coupés en tranches et vendus sous vide, un truc mou et collant avec des épices exotiques, genre pain d'épices, je n'aimais pas ça. Je n'aime pas le pain d'épices. Je suis du genre salé plutôt que sucré. Savoir si ça intéresse quelqu'un ?

Quand j'entends que Judith se lève, je vais m'asseoir dans le salon pour laisser la voie libre. Je ne suis pas un monstre, je ne suis pas la gardienne de ma sœur. Je ne veux pas être un Cerbère polycéphale, et surtout je ne veux pas de gâteau au miel. Du reste, en quoi ça me concerne ?

C'était assez fou : au retour de notre balade sur la montagne, Judith m'a montré quelque chose sur son téléphone portable. Elle m'a dit qu'elle effaçait toujours les mails de Richard. Où ai-je lu que les femmes sont beaucoup plus douées que les hommes pour cacher leurs liaisons ? Quoi qu'il en soit, elle a toujours vite effacé ses mails après les avoir lus. De même que les photos qu'il lui envoyait. Vite regardées, imprimées dans un coin de sa mémoire et supprimées.

Mais parfois j'ai fait une copie de telle ou telle phrase et je l'ai enregistrée, dit-elle.

Elle m'a montré le fichier, une suite de phrases qui, mises ainsi simplement bout à bout, n'ont aucun sens :

Dans mon cœur tu es mon amante depuis longtemps. Parce que nous appartenons l'un à l'autre. Avec la plus belle femme du monde. Tout en toi est beau, mon amie. Je t'aime tout simplement, je n'y peux rien. Il n'y a rien que je voudrais changer chez toi. Tu m'as ensorcelé. Comme ton amour est beau. Aimable destin. Laisse-moi encore t'écrire que je t'aime. Tes collines et tes vallons.

Je crois que tu y étais prête dès le début peut-être sans le savoir. Nous appartenons l'un à l'autre.

Bizarre, un peu fou mais beau aussi.

Dîner au resto japonais. Nous sommes les seules clientes. C'est bon, mais les portions sont petites. Quatre étoiles.

Le type de la gare de Lyon veut absolument me revoir. Celui à qui la femme soufflait un baiser. On s'est écrit de temps en temps, des mails plutôt crus. À un moment donné je lui ai dit, je ne sais pour quelle raison, que j'allais à Paris. Maintenant il veut me voir. Enfin pas seulement me voir. Ça tombe bien, la souffleuse de baiser est de nouveau à Lyon où elle travaille plus ou moins pour une boîte… en tout cas elle n'est pas là. Et il aurait du temps libre, même dans la journée. Il travaille la plupart du temps depuis chez lui, j'ai oublié ce qu'il fait exactement. Ou plutôt, je ne l'ai jamais bien enregistré. Un de ces boulots dont on se demande comment le monde a pu s'en passer pendant des milliers d'années. Conseiller en communication, manager, compliance officer, et j'en passe. Mais suffisamment bien payé pour pouvoir s'offrir des meubles design et des vacances en Asie du Sud-Est. Dans le tram j'ai entendu une fois une jeune femme dire à une autre : Tu sais, quand tu as une chaîne stéréo comme la nôtre, ce n'est pas possible d'avoir des enfants. Ils sont fous, ces Romains.

Je dois aller en ville. Retrouver quelqu'un.

Judith ne pose pas de question. Peut-être qu'elle est bien contente d'être un peu seule dans la maison. Elle pourra tout regarder et même faire disparaître telle ou telle chose. Craindrait-elle que la sœur de Richard la balance ? Je ne connais pas cette femme, bizarrement nous ne nous doutions même pas de son existence, sinon nous lui aurions certainement demandé une interview à l'époque. Elle nous aurait alors dit : Mon frère a toujours eu beaucoup d'imagination, tout petit déjà il écrivait, on s'est souvent disputés mais en même temps on était les meilleurs amis du monde, tout ce bla-bla interchangeable qu'on dit dans des moments pareils. Si j'apprenais qu'une personne a une relation avec un homme qui n'est pas son mari et pas le mien non plus, je ne la trahirais certainement pas.

Je retrouve Marc pour le déjeuner. Il a une façon irritante d'affecter le détachement comme si nous ne savions pas où tout cela devait nous mener, comme si nous ne nous étions jamais écrit tous ces mails. Est-ce typiquement français ? Veiller aux apparences ? Il me recommande le thon sur un lit de roquette, mais primo je n'aime pas la roquette, secundo je n'aime pas le thon, et tertio il vaut mieux ne plus en manger, je crois, à cause des dauphins ou parce qu'il y a surpêche ou pour je ne sais plus quelle autre raison importante. Je prends une salade au fromage de chèvre. Ce n'est qu'au moment où je vais commencer à manger que je me demande si ça ne va pas se remarquer dans mon haleine. Peu importe, Marc est jeune et impétueux, peut être aussi un peu affamé, ça a certains avantages. Mais aussi des inconvénients. Quoi qu'il en soit, l'odeur du fromage de chèvre ne le fera certainement pas fuir.

L'après-midi se passe merveilleusement bien. Ensuite nous allons prendre un apéritif et nous nous retrouvons assis l'un en face de l'autre, un peu démunis. Marc essaye vaguement de me parler de son travail, mais il doit bien voir que ça ne m'intéresse pas le moins du monde. En fait, nous n'avons strictement rien à nous dire, je m'en rends compte maintenant. Après l'excitation du début, retour sur Terre. Un autre verre de chardonnay ne change rien à l'affaire, je me sens vraiment mal.

*Salut**.

Nous savons sans doute tous les deux que nous ne nous reverrons pas. Et que nous ne nous écrirons plus non plus. Je suis au moins arrivée à quelque chose aujourd'hui.

J'ai mauvaise conscience quand je rentre à Sceaux. J'ai l'impression d'avoir floué Judith, d'avoir trompé Richard, même si je ne lui dois rien et n'ai jamais entretenu de liaison avec lui. Nous sommes ici à cause de lui, pour penser à lui, pour nous souvenir de lui, et maintenant c'est simplement triste, et toute l'atmosphère autour a disparu, la mélancolie, l'automne, le lien avec Richard par-delà la mort. Le charme est rompu, je suis mise à l'écart des pleureuses, je ne suis pas digne d'honorer la mémoire de Richard Wechsler.

Je déambule un long moment dans le quartier, non parce que je ne retrouve pas le chemin, j'essaye simplement de me remettre dans l'état où j'étais avant mon escapade, cet état où j'ai pu dire à Judith lors de l'enterrement que ce n'était pas triste et qui correspondait vraiment à ce que j'éprouvais. Et puis ça s'est envolé et nous nous retrouvons là par une belle journée ensoleillée de septembre et nous pensons encore un peu à lui avant de rentrer. Mais moi je ne suis pas rentrée, j'étais chez Marc. Le lit aussi vient de Suisse, a dit Marc, un Lehni. Ah, super. Monsieur ne s'allonge que sur des produits de qualité suisse. Wechsler comprendrait ça sans doute, il approuverait même peut-être ou trouverait ça drôle, mais cette idée me gêne, non pas pour des raisons morales, pour des raisons esthétiques.

J'erre dans ce quartier désert, le long des rues tracées de façon concentrique, je regarde les jardins aussi vides que les rues, les maisons aussi semblent vides. Tous les habitants ont-ils soudain disparu ? Il y a un livre qui parle de ça, un matin quelqu'un se réveille et il n'y a plus personne. Tout est mort et il n'y a plus personne sur la Terre. Et comme il n'y avait plus personne sur la Terre, il voulut aller au ciel, mais la Lune était un morceau de bois pourri… Je connais mes classiques. Mais il y a aussi un livre d'un Autrichien, et un autre, un livre pour enfants, je crois qu'il s'appelle *Le Nuage vert*. Et quand il a voulu revenir sur Terre, la Terre était un pot renversé, alors il s'est assis et il a pleuré, et il est toujours assis là et il est tout seul. C'est comme ça que je me sens.

Le soir tombe déjà. Le parc va fermer dans une demi-heure. À cinquante mètres après l'entrée principale, il y a une petite aire de jeux, quelques bancs, je suis assise sur mon pot renversé. Il n'y a rien de plus triste qu'une aire de jeux abandonnée. Cette promesse d'une vie meilleure remplie de balançoires, de jeux à ressort, de portiques d'escalade, et qui n'est pourtant jamais tenue. Les loisirs, quelle triste occupation ! Déjà le simple mot. Loisirs, liberté. Que fait l'homme quand il est entièrement libre ? Il se balance, il tourne en rond, bascule d'avant en arrière jusqu'à en être ivre. Pire encore : s'octroyer quelque chose. Tom pouvait se préparer pour lui tout seul un repas avec entrée, plat, dessert. Une fois j'étais passée chez lui à l'improviste à cause d'un rendez-vous qui avait été annulé, il avait mis la table pour lui tout seul comme dans un grand restaurant avec deux assiettes, une pour l'entrée, une pour le plat principal, une serviette, un verre pour l'eau, un verre à vin et les couverts qui vont avec. Il y avait même une bougie allumée. Pourquoi ça m'a mis tellement hors de moi ? À vrai dire j'aurais plutôt dû l'admirer, mais pour une raison ou pour une autre, j'ai trouvé ça complètement indécent, comme si je l'avais surpris en train de regarder du porno. Pour moi, l'idéal était de manger en travaillant et plus le sandwich que j'avais acheté était minable, mieux c'était. Si je consultais un psy, il faudrait que j'en parle avec lui. Par chance je n'en ai pas.

Il n'y a plus personne dans le parc, pas même un jogger. Je suis la seule personne à être encore là. Assise sur un banc de l'aire de jeu, je laisse couler quelques larmes, ça fait du bien. Maintenant je suis prête à retourner voir Judith, juste à ce moment un gardien arrive et me dit de partir.

*On ferme**.

Ça serait un travail pour moi, gardienne de parc. Ou jardinière dans un cimetière, concierge dans un bâtiment public. Ou factrice. On est dehors, on circule, on rencontre des gens et ils sont contents quand on sonne à leur porte. Quand j'étais petite, notre facteur lisait toujours les cartes postales, et il nous disait : Alors, les enfants sont au ski ? Ou : Grand-mère va mieux ? Il avait sa part dans la vie de tout le quartier et ne voyait pas en quoi il aurait enfreint le secret postal. Je crois que tout le monde acceptait ça, comme on acceptait beaucoup de choses autrefois. Tu ne muselleras pas le bœuf qui foule le grain, est-il dit dans la Bible.

Aucune lumière dans la maison, mais la porte n'est pas fermée à clef. J'entre, allume avant d'éteindre aussitôt. Je vais voir dans le bureau qui baigne dans l'atmosphère du crépuscule, rien ne semble avoir bougé. Judith est allongée sur le lit dans la chambre de Richard, elle dort. Elle est étendue sur le dos comme une morte, elle est très belle, détendue comme je ne l'ai encore jamais vue. Peut-être rêve-t-elle de Richard, de leurs rencontres à Paris. J'observe son corps, j'imagine comment Richard et elle font l'amour, si proches l'un de l'autre et en même temps si loin.

Je suis Richard. Je regarde Judith. Je vois la jeune fille qu'elle a été, la jeune fille que j'ai aimée. Judith, je dis son nom sans la moindre émotion. Judith.

Lors de l'une de nos conversations téléphoniques, Wechsler m'a dit comment ils s'étaient rencontrés. C'était encore avant le lycée, une excursion dominicale avec la Junge Kirche, une organisation protestante pour la jeunesse. La religion ne jouait pas un très grand rôle, avait dit Wechsler, c'était surtout l'occasion de sortir du village sans être obligé d'aller faire du sport. On allait dans les montagnes, je ne sais plus où, mais certainement dans les pré-Alpes, peut-être dans le Toggenburg. Je me souviens encore comment on était allongés dans l'herbe autour d'un feu de camp. On avait des couvertures et on discutait de Dieu et du monde. Je n'avais pas remarqué Judith auparavant, elle était plutôt du genre calme, pas timide mais réservée, peut-être parce qu'elle était la fille du pasteur. Mais dans notre groupe cela n'avait aucune importance, nous étions tous les enfants de quelqu'un. Quel âge pouvions-nous avoir à l'époque ? Quinze ? seize ans ? Je ne sais plus. Le pasteur était-il là ou était-ce un accompagnateur, un animateur ? Certainement. Mais il n'était pas près du feu. Quelqu'un jouait-il de la guitare ? Peut-être. Il commençait à faire frais, de la rosée se déposait sur l'herbe et sur nos couvertures. Nous parlions maintenant plus doucement, deux par deux. Moi et Judith. Avez-vous remarqué comment l'acoustique change quand le soleil se couche ? L'atmosphère semble devenir plus transparente, plus poreuse, l'espace, l'univers paraît s'ouvrir. Nous parlions de nos projets d'avenir. Judith voulait-elle déjà faire des études de théologie ? Est-ce que je voulais déjà écrire ? J'étais athée, j'avais l'âge où on sait tout et ne comprend rien. C'est ainsi que ça a commencé.

La suite, c'était Judith qui me l'avait racontée. Des années, la moitié d'une vie où ils n'avaient cessé de se rapprocher et de s'éloigner. Parfois elle n'avait plus aucune nouvelle de Richard pendant très longtemps, et soudain il refaisait surface, la bombardait de mails, voulait la voir avant de disparaître à nouveau. Je ne savais jamais où il était, ce qu'il faisait, c'était un fantôme, mais un bon fantôme. Il m'envoyait tous ses livres avec des dédicaces énigmatiques. Parfois j'avais envie qu'il disparaisse de ma vie, me laisse tranquille, peut-être parce que je sentais qu'il pouvait devenir un danger pour moi.

Et il est devenu un danger pour toi ?

Tu connais la chanson d'Udo Lindenberg, *Kugel im Colt* ? me demanda Judith.

Il vit encore celui-là ?

Richard me l'avait enregistrée. Sur une cassette. Tu as connu les lecteurs de cassettes ? Je crois que c'est à ce moment-là que j'ai compris qu'il était amoureux de moi. Je m'en doutais depuis longtemps, mais là j'ai compris. Ce que ça voulait dire, ce que ça voulait dire pour moi.

Ich bin die Kugel in deinem Colt,
Schieß mich voll in dein Herz rein
Oder schieß mich weit aus deinem Leben raus
Ich muss jetzt wissen, was los ist
Und nach dem Schuss gibt's keine Fragen mehr
Und ich weiß, dass ich zu dir gehör'[3].

Judith m'avait chanté ce passage d'une voix étonnamment belle. Maintenant elle riait, un rire cordial et chaleureux. Il a toujours été affreusement sentimental. Mais il savait très bien le cacher la plupart du temps. À l'époque, j'étais encore étudiante et j'avais déjà fait la rencontre de celui qui allait devenir mon mari. Il n'était évidemment pas question que je me lance dans quoi que ce soit avec Richard. Mais c'était une première égratignure sur la surface lisse de ma vie à venir, un petit écart qui n'a cessé de grandir au fil des années. J'ai longtemps résisté, dit Judith. Et puis il n'y a plus eu de questions.

Je suis Richard. Je m'assieds sur le bord du lit et j'observe cette femme qui n'a pas vieilli pour moi et je suis étonné de la voir, de me voir, de voir cet amour qui nous a tenus ensemble pendant toutes ces années sans pourtant jamais nous réunir. Je ne peux m'empêcher de toucher Judith, j'écarte ses cheveux de son front, pose une main sur son épaule, effleure son cou. Je suis presque effrayé de sentir la chaleur de son corps. Finalement elle se réveille, me regarde, sourit mais ne dit rien.

Au dîner je parle à Judith des appels de Richard. Cela ne semble pas la troubler, ni fureur ni déception. Attendais-je ce genre de réaction ? Lui ai-je simplement dit ça pour me faire valoir ? Pour lui dire : Tu vois, quand la situation était vraiment sérieuse, c'est moi qu'il appelait, pas toi ? Suis-je jalouse de cette étrange histoire d'amour entre elle et Richard ? Je ne crois pas. J'aime bien Judith et je lui accorde volontiers tout ce qu'elle a vécu avec lui. Ça sonne faux ? Je trouve que ça sonne faux, même si ce n'est pas mon intention. Peut-on tricher sans le vouloir, sans le savoir ? Je suis peut-être une sorte de parasite qui absorbe son amour pour s'en nourrir. Une de ces plantes qui ne peut prospérer que sur d'autres plantes. Une boule de gui sous laquelle il faut s'embrasser.

Je parle à Judith de l'une de nos dernières conversations. Ce jour-là Richard semblait aller bien. Je ne veux pas dire physiquement, je n'en sais rien. Il était simplement en forme.

Je ne peux pas dire que je m'en suis accommodé, m'a-t-il confié, mais j'ai accepté. J'ai bien vécu et longtemps. Quand je pense à tous ces écrivains qui sont morts beaucoup plus jeunes, Büchner, Kleist, Kafka, Pessoa, Tchekhov, Camus, Pavese…

Ceux qui se sont suicidés ne comptent pas. C'est leur responsabilité.

Mais comme ça aussi, dit-il. Borchert, même W. G. Sebald.

Pourquoi même ? Et les écrivaines ?

Elles vivent plus longtemps. Il rit. Désolé. Quand il s'agit de la mort, il n'y a pas de quotas.

Annette von Droste-Hülshoff, Ingeborg Bachmann, Marlen Haushofer, Emily Dickinson, Sylvia Plath…

Suicide !

Monsieur Je-sais-tout.

Toute cette histoire de maladie m'ennuie, dit-il. Si je n'ai déjà plus longtemps à vivre, je ne veux pas passer le reste de mes jours à diffuser des comptes rendus sur l'état de mes entrailles. Ou même à écrire un livre : *Mourir heureux*, par Richard Wechsler, manuel pour débutants et avancés. Parlons plutôt de littérature.

Vous écrivez ?

J'ai suffisamment écrit.

Des dernières paroles ?

Si je devais mourir maintenant, je dirais : C'est tout ? Et : Je n'ai pas vraiment tout compris. Et : C'était un peu bruyant.

Ce n'est pas de vous.

De Kurt Tucholsky. Encore un qui s'est suicidé.

Il paraît que Karl Valentin a dit qu'il ne savait pas à quel point c'était beau de mourir.

On n'est pas forcé d'être de son avis. Vous connaissez le sketch avec les *Semmelnknödeln*[4] ?

Il se mit à imiter des sketchs de Karl Valentin et Liesl Karlstadt avec un abominable accent pseudo-bavarois.

Comme si je ne les connaissais pas tous. Je les adorais quand j'étais gamine. Richard racontait très mal, ne se souvenait que de la moitié, ratait la chute finale, pour autant qu'il y ait eu chute. Il n'avait pas la patience de reprendre toutes les répétitions qui font souvent la saveur des sketchs de Karl Valentin, cette façon de ne jamais pouvoir s'arrêter. Pourtant il m'avait dit une fois, ça devait être à Paris, qu'il était incapable d'arrêter quelque chose, de mettre un terme à une relation, une amitié, il n'était jamais arrivé à tirer un trait et à commencer autre chose. Cela fait des dizaines d'années que je mène la même vie, que j'habite dans la même maison, que je mange dans les mêmes restaurants, que je rencontre les mêmes personnes, que je porte les mêmes vêtements, que j'utilise les mêmes produits.

Et pour vos livres ? Vous avez aussi du mal à trouver la fin ?

Il eut un instant d'hésitation et dit, comme s'il n'y avait encore jamais réfléchi : Non, c'est très facile. La fin s'écrit toute seule en quelque sorte.

Il fit encore une imitation de Karl Valentin. Dans le sketch *Der Firmling* : *Drum sag ich's noch einmal, schön ist die Jugendzeit, sie kommt nicht mehr*[5].

Ça va ! Je les connais tous, ils sont impossibles à imiter.

Dites-moi une image de votre film qui soit davantage qu'une simple illustration. Où l'image raconte quelque chose que les mots ne peuvent pas transmettre.

Pourquoi il se remettait à parler du film ? Il voulait remuer le couteau dans la plaie ? Ou avait-il quand même mauvaise conscience ? Et maintenant il me faudrait lui confirmer que ça n'aurait de toute façon rien donné de bon ? Il pouvait toujours attendre.

Dans le village, nous aurions pu tourner quelques belles scènes.

Des chats sous la pluie ?

*Touché** ! Mais comment le savait-il ?

Cette façon de déambuler sans fin dans la ville, dit-il, c'était uniquement du remplissage. Vous auriez tout aussi bien pu montrer des images de chatons en train de jouer pendant que je vous aurais exposé mes vues profondes sur l'essence de la littérature et l'ordre des choses. Ou des images de soleils couchants dans les Caraïbes, de merveilles des abysses, de gymnastes filmées au ralenti.

La moitié d'un film se fait au montage.

On ne fait rien avec rien.

Merci.

Pas de quoi.

Mais j'étais content qu'il aille mieux. Ensuite nous n'avons plus parlé de sa maladie.

Ce n'est qu'au moment de débarrasser la table que je remarque la pile de lettres posée là, combien y en a-t-il, peut-être quarante ou cinquante enveloppes ? Certaines ont encore la jolie bordure de la poste aérienne, rouge et bleu, avec un papier bleuté et très fin qui semble transparent. Judith ne dit rien, mais elle ne range pas les lettres non plus. Elle aurait pu les mettre tout de suite dans sa valise ou les jeter. Elle ne tarde pas à s'excuser en disant qu'elle est fatiguée. C'est fou ce que cette femme a besoin de se reposer ! C'est comme ça quand on arrive à la soixantaine ? Ou est-elle épuisée par toute cette situation, par tout ce qu'elle ressent ?

Les lettres sont posées sur la table, provocation muette. Je suis assise sur le canapé et je continue de lire dans le livre de Richard ce dont nous avons parlé hier. Et presque à la fin je retrouve cette phrase avec laquelle nous aurions voulu commencer notre film : Il se demandait combien de temps il leur resterait. Mais tout cela n'avait aucune importance. L'avenir n'était qu'un jour.

Ce sont les lettres de Judith, les siennes sont perdues à jamais, elle les a toutes détruites et il ne semble pas avoir fait de copies, à la différence de ces auteurs qui, pendant qu'ils écrivent à leur amoureuse, pensent déjà à la postérité. Regardez quel type formidable j'étais. Il ne m'a jamais paru calculateur, vaniteux à ce point. La postérité n'existe pas, m'a-t-il dit un jour. L'avenir n'est qu'un jour.

Cher Richard, Mon Richard chéri, Mon chéri, Mon cœur… J'écarte les lettres. Non par discrétion, non par tact. Je n'attends rien de leur lecture, elles ne m'intéressent pas. C'est comme regarder des recettes qu'on ne fera jamais. Gaspillage de temps. Risotto de chou vert à la toscane avec champignons et romarin. Ils se sont aimés, mais ces lettres sont écrites dans une langue secrète que je ne comprends pas. Ou que je comprends trop bien. Je ne veux rien savoir des désirs de Judith, de ses envies, de son plaisir. *Been there, done that, got the T-Shirt.*

Pourquoi Judith veut-elle que je lise ça ? A-t-elle besoin d'un témoin ? Comme on a besoin de témoins pour un mariage ? Chères amies, chers amis, nous sommes ici réunis pour célébrer l'union extraconjugale de Judith et Richard. Ils se sont connus dans leur jeunesse, mais il leur a fallu attendre des années pour se retrouver enfin. Judith a été longtemps mariée à un photographe amateur, on ne sait pas grand-chose de la vie amoureuse de Richard, et même rien du tout. Nous savons seulement que tous les deux ont pris la décision, à l'occasion d'un enterrement et sous l'emprise de boissons alcoolisées proposées lors du repas funèbre, de s'engager dans cette union qu'ils ont consommée ce même jour et dont nous sommes aujourd'hui les témoins. Judith Imbach, si tu veux aimer et honorer comme amant Richard Wechsler et rester avec lui dans les bons comme dans les mauvais jours jusqu'à ce que la mort vous sépare, alors réponds : Oui, avec l'aide de Dieu. Bon, on pourrait aussi renoncer à l'aide de Dieu.

Et Judith : Oui, je le veux.

Et Richard : … Je le veux.

Vous pouvez vous embrasser.

Je sais maintenant quel est l'enjeu. Judith veut que je lise ses lettres parce qu'elle ne veut pas les lire elle-même. Ce matin, je me suis levée tôt, mais je suis restée couchée. J'aime bien cette heure bleue entre la nuit et le jour, cet état entre sommeil et veille. On entend parfois un bruit de voiture dehors, dans la maison une sorte de ronronnement, peut-être le réfrigérateur, et un autre, peut-être le chauffe-eau ? Des oiseaux dans le jardin et, venue de loin, une sorte de rumeur, la rumeur du temps.

Et tout à coup j'ai compris : Judith ne va pas lire ces lettres. Elle va les jeter, aujourd'hui ou demain. Elle ne va pas les brûler ou les déchirer, elle va simplement les mettre à la poubelle, sans faire de chichis, d'un simple geste, et quand nous partirons elle mettra le sac-poubelle dans le conteneur posé au bord du trottoir. *Game over.* La messe est dite.

Je crois que nous aurions pu rester éternellement dans la maison de Richard. J'avais un peu l'impression que le temps s'était arrêté, et il s'était effectivement arrêté ici depuis la mort de Richard. À un moment donné quelqu'un entrera dans cette maison avec une intention précise, et par la porte ouverte le temps mis entre parenthèses s'engouffrera à l'intérieur et emportera le temps arrêté et tout le reste avec lui. Et ce ne sera alors plus la maison de Richard mais simplement une bâtisse abandonnée remplie d'un capharnaüm qu'il faudra débarrasser, jeter, rénover ou vendre à quelqu'un qui mènera ici une vie totalement différente.

Mais pour l'instant la présence de Richard est partout, dans ses vêtements, ses livres, ses meubles, les tableaux accrochés aux murs, les ustensiles de cuisine et de jardin, son vieux vélo, les chaises pliantes sur la terrasse, la chaise longue, et tout ce fatras qui s'est accumulé au cours d'une vie. Surtout peut-être dans les petites choses, une tablette de chocolat entamée dans le placard, un trombone qu'il a tordu exprès pour faire je ne sais quoi, une enveloppe ouverte de la compagnie d'électricité sur laquelle il a tracé quelques gribouillis, sans doute pour essayer de voir si un stylo marchait, une boîte entamée de pansements adhésifs avec à côté les morceaux blancs protégeant la partie adhésive, s'est-il encore coupé en se rasant peu avant sa mort ? Richard ne reviendra pas, n'ajoutera rien, n'enlèvera rien, n'utilisera rien, ne changera rien. Il plane au-dessus de la maison et du jardin comme un esprit, une idée, un souvenir.

Se pourrait-il qu'il existe une œuvre conçue en dehors de nous-même, une œuvre qui nous permettrait d'échapper à la perspective limitée d'un moi individuel pour faire parler ce qui ne parle pas, l'oiseau qui se pose sur la gouttière, l'arbre au printemps et l'arbre en automne, la pierre, le béton, le plastique…

Sûrement encore une citation, Richard ne disait pas ce genre de chose au pied levé, même si la phrase n'était pas terminée.

Nous devrions installer ici le musée Richard-Wechsler, laisser toutes les choses comme elles sont. Mais nous ne laisserions entrer personne, on mettrait simplement un écriteau dehors : Musée Richard-Wechsler, fermé de façon permanente.

Et nous serions les deux commissaires et nous organiserions des expositions temporaires, dit Judith. Collections de chaussettes trouées de Richard Wechsler.

Sambal Oelek et autres objets trouvés dans les placards de Richard Wechsler. Explorations gastronomico-littéraire.

On pourrait aussi montrer les cinq paquets de spaghettis qui dorment dans le placard de la cuisine.

Projets non terminés, factures non payées.

Carnets encore vierges, rayonnages remplis de livres. Langue et mutisme dans la vie et l'œuvre de Richard Wechsler.

Tu tiendrais la caisse et moi j'assurerais la surveillance, dit Judith. Et on changerait toutes les semaines.

Mais Judith doit rentrer. Un séminaire à préparer, voyage dans la vieillesse, une excursion avec les futurs confirmands et le service d'action de grâce pour les récoltes suivi d'un café avec petits gâteaux.

Tu vas parler de quoi ?

De la multiplication des pains.

C'est un de ces fameux miracles ?

Oui, tu le connais, avec les poissons et les pains.

Et qu'est-ce qu'on peut dire là-dessus ? À part bon appétit ?

Ah ! toutes sortes de choses. Judith pousse un soupir. Dire que le pain tout seul ne rassasie pas et voir Jésus comme le pain de la vie, parler aussi du partage, de la solidarité, de la pauvreté, des réfugiés, que sais-je encore. Tout me paraît si fade. Tu te rappelles quand tu m'as demandé s'il fallait avoir la foi pour être pasteure ?

Tu as dit : On n'est pas obligé, mais ça aide.

Oui, ça aiderait. Surtout maintenant.

Elle me dit que la foi a toujours été pour elle quelque chose d'évident dont elle s'est nourrie en même temps que du lait maternel, les histoires de la Bible, les prières du soir, les offices du dimanche et les fêtes religieuses, les chants, les beaux habits qu'elle devait mettre, son père qu'il était interdit de déranger quand il écrivait ses sermons, tout cela avait participé à sa foi. Pendant ses études, l'affaire était devenue plus sérieuse et aussi plus cohérente. On a étudié et comparé les sources, analysé les textes, questionné les dogmes. Ma naïve foi d'enfant a disparu, mais quelque chose de nouveau l'a remplacée, la joie de découvrir les anciens écrits, la complexité des interprétations, l'herméneutique, la philosophie, la mystique. Je lisais les textes anciens et j'avais l'impression que personne d'autre ne les avait lus avant moi, tout prenait soudain un sens et trouvait sa place dans un tout. Mais dans la pratique c'était encore différent, voilà qu'intervenait la foi appliquée à la vie de tous les jours, je pouvais aider les gens, les soutenir quand ils doutaient, les réconforter dans le deuil, leur donner des pistes, où trouver des réponses ou du moins où trouver les mêmes questions qu'ils se posaient. J'avais l'impression de faire quelque chose qui avait du sens, même si je butais souvent sur mes propres limites et doutais de mes propres convictions. Mais les gens me croyaient, et à travers eux je croyais aussi en moi et en ma mission. Puis ça a commencé avec Richard, mais ça aussi je pouvais d'une certaine façon le mettre de côté. Personne n'est infaillible, que celui qui n'a jamais péché lui jette la première pierre. Je pouvais encore me trouver des excuses de n'avoir pas envie de quitter Richard. Je n'ai jamais ressenti ce que j'ai fait comme un adultère, même si naturellement ça l'aurait été aux yeux de la société. Dans mon système de valeurs il y avait des péchés bien pires. L'orgueil, l'arrogance, l'envie, l'absence d'amour. Inutile d'en parler. Peut-être que ce péché était pour moi la dernière possibilité de ne pas perdre la foi. Ma mauvaise conscience était la preuve que tout ne m'était pas indifférent. Mais la mort de Richard…

Pour la première fois elle pleure devant moi. Je la prends dans mes bras, lui caresse la tête. Au début elle pleure doucement, puis elle commence à sangloter et je ne sais pour quelle stupide raison je ne peux m'empêcher de pleurer, sans savoir pourquoi.

Quand avait-il dit qu'il ne voudrait que rien ne reste de lui, hormis ses livres ? Pas de journaux, pas de lettres, pas de photographies, pas de nécrologie, pas d'histoires que l'on se raconte à son sujet, pas même une tombe.

Et vos proches ? Vos amours ?

Je vis qu'il n'y avait pas pensé. Typique. Il préféra ne pas répondre.

Pourquoi les Français n'arrivent-ils pas à afficher à temps le quai des départs des trains ? En Allemagne et en Suisse, et même en Autriche, les trains partent toujours du même quai, et s'il y a un changement on l'annonce dix fois par haut-parleur et la direction générale s'excuse platement. En France, tous les passagers attendent bêtement dans le hall et cinq minutes avant le départ de leur train le numéro du quai est annoncé et toute la foule des passagers se rue vers le quai dans une effroyable cohue, si bien que le train part chaque fois avec du retard parce que tout le monde n'a pas pu monter à bord à temps. Pourquoi je m'énerve pour de telles vétilles ?

Qu'est-ce qui est pire ? Perdre son amant ou perdre sa foi ? Il y avait cette histoire de moine bouddhiste. Je l'avais entendue quand j'étais ado, le collège que je fréquentais avait organisé une série de conférences sur les religions du monde et je n'en avais pas raté une. Est-ce que je cherchais quelque chose ? Est-ce que j'espérais encore trouver des réponses ? Quoi qu'il en soit je ne me souviens que d'une seule histoire, celle de ce moine bouddhiste et de son petit chien. Le moine était prêt à rejoindre le nirvana ou quel que soit le nom que l'on donne à cet état, mais il ne voulait pas abandonner son chien. Ce fut là son ultime épreuve et il l'a réussie. Mais je ne sais plus exactement ce qui s'était passé. Est-ce que lui et son chien atteignaient ensemble le nirvana ? Dans mon souvenir ils continuaient à marcher, image d'un vieil homme en sandales et en bure accompagné de son chien avançant sur une route poussiéreuse dans un paysage de montagne. La caméra ne bouge plus, les deux silhouettes s'éloignent et deviennent de plus en plus petites avant de disparaître derrière une colline à l'horizon. Coupe.

Judith a-t-elle jeté les lettres ? Quand j'arrivai dans la cuisine le lendemain matin, elles avaient disparu. Je n'ai rien dit, pas posé de question, pas même regardé dans la poubelle. Nous avons fait nos bagages, effacé les traces de notre passage et sommes parties en ville, à la gare de Lyon, où nous avons pris le train.

Judith est très silencieuse. Elle a repris son livre sur la mystique juive, l'a feuilleté, a un peu lu, mais l'a refermé au bout de quelques minutes. Il est maintenant posé sur ses genoux, elle a glissé un doigt entre les pages et elle regarde par la fenêtre. Ce paysage a-t-il une quelconque signification pour elle ou ne fait-il que combler un vide ? Un corps se déplace dans l'espace. Être notre salut, notre réconfort ? Être en route ? Cet enthousiasme quand je me suis sauvée avec Richard. Nous sommes simplement allés jusqu'au café le plus proche, mais s'il m'avait demandé à ce moment-là de venir avec lui, je l'aurais suivi jusqu'au bout du monde. Ou du moins jusque dans sa maison en banlieue. Je n'étais pas amoureuse de lui, rien de tout ça, c'était une euphorie, une disponibilité à m'abandonner, la joie d'être en mouvement. C'est pour moi le pire quand j'imagine qu'on est mort : ne plus pouvoir bouger.

Je ne peux rien lire sur le visage de Judith. Est-elle contente d'avoir rempli sa mission ? Est-elle triste ? Aurait-elle préféré rester à Paris ? Redoute-t-elle de retourner dans son village ? Pense-t-elle à Richard, à son mari ? Au reste de sa vie ? Au miracle de la multiplication des pains ?

Regarde, dit-elle soudain en ouvrant le livre, comme si elle voulait me lire un passage. Puis elle cite de mémoire cette parole du Baal Shem Tov : L'oubli c'est l'exil ! Mais le souvenir est le secret de la délivrance.

Elle se tait. Au bout d'un moment, elle me demande : Tu y crois ?

Ça veut dire quoi délivrance ? Tu veux être délivrée ?

Judith hausse les épaules. Je ne sais plus non plus.

Tu veux voir les prises de vue que l'on a faites à Paris ?

Elle fait oui de la tête et je viens m'asseoir à côté d'elle, j'ouvre mon ordinateur portable et lance la vidéo que j'ai montée à l'époque dans la chambre d'hôtel du village. À ce moment je me rappelle que je l'ai déjà montrée à Judith, le premier soir où nous nous sommes rencontrées. Mais peu importe. Plein écran.

Richard marche dans le cimetière Montparnasse, il s'arrête devant la tombe de Suzanne et Samuel Beckett. Aucune inscription sur la pierre en granit poli, rien, pas de dernières paroles, pas de mise en scène, juste les deux noms avec les dates de naissance et de mort. Un petit bouquet d'asters jaunes enveloppé dans du papier cellophane est posé sur la pierre. Richard s'arrête un moment, il se gratte la tête, poursuit son chemin. Coupe.

Il remonte le boulevard Raspail, coupe, traverse le jardin du Luxembourg, coupe, descend le boulevard Saint-Michel. Un camion poubelle de couleur verte entre dans le champ de l'image, il s'arrête, des éboueurs chargent et vident de gros conteneurs à l'arrière de la benne. Richard continue de marcher. Coupe. Il emprunte une rue étroite, des restaurants, une boulangerie, une librairie. Coupe. Nous sommes maintenant au bord de la Seine, il regarde les boîtes des bouquinistes. Est-ce une demande de notre part ? Achetez quelque chose ou faites au moins semblant. Il sort un album photo de l'une des boîtes, y jette à peine un coup d'œil, paye. Il rit, Tom a continué de filmer pendant que Wechsler rend l'ouvrage et que le vendeur lui rend son argent. Le vendeur aussi rit, il dit quelque chose que je ne comprends pas. Wechsler veut lui donner un pourboire, mais le vendeur refuse en riant. Coupe. Tom voulait refaire une prise pour cette scène parce que quelque chose n'avait pas fonctionné avec le son, Wechsler a refusé catégoriquement. Non, a-t-il simplement dit, je veux bien tourner cette scène une fois mais pas deux. On peut falsifier la réalité, mais la falsification n'est pas reproductible. À vous de vous débrouiller. L'ambiance était déjà un peu tendue. Wechsler se dirige vers la caméra, fait un geste de la main devant son visage, passe devant la caméra. Coupe.

Une fois la vidéo terminée, elle repart automatiquement et tourne en boucle, comme si Richard n'en finissait pas de tourner en rond. Démarche souple aux pas assurés dans un espace réduit au minimum. Je ne sais combien de fois nous regardons cette vidéo. Plusieurs fois.

Me revient en mémoire une œuvre de Bruce Nauman, un lecteur de cassettes coulé dans un bloc de béton. On ne voit que le câble blanc qui disparaît dans le béton, mais à côté se trouve un écriteau disant que le lecteur de cassettes marche et que sur la cassette un homme est en train de crier, un cri en boucle qui n'en finit pas. Impossible de savoir si la bande n'est pas déchirée depuis longtemps, si le moteur n'a pas grillé, si le haut-parleur n'a pas arrêté de fonctionner, si l'homme n'est pas mort. Arracher la prise, ce serait la délivrance. Mais voulons-nous être délivrés ? J'ai rarement vu une œuvre d'art qui m'ait autant remuée. C'était à Berlin.

Tu as un imperméable vert clair ?

Comment on arrête ce truc ? demande Judith.

Je bouge la souris, la barre des tâches apparaît et je clique sur stop.

J'ai un blouson jaune, dit Judith.

Après la séance de tournage, alors que nous attendions Tom et Sascha, je suis retournée voir le bouquiniste et lui ai acheté le catalogue. Quand j'ai demandé au vendeur, il ne savait plus de quel ouvrage il s'agissait. Il a pris un exemplaire assez abîmé dans une caisse et a demandé un prix exorbitant que j'ai payé sans sourciller. *The Family of Man*.

C'est le catalogue d'une exposition de photographies au Museum of Modern Art à New York, a dit Wechsler qui s'était approché. Ça doit remonter aux années 1950, ensuite l'exposition a tourné dans le monde entier. Des photos d'un très grand nombre de photographes, organisées par thèmes, naissance, amour, travail, loisirs, mort, etc. Après la guerre, il s'agissait de mettre en avant la communauté des peuples :

Il n'y a qu'un seul homme dans le monde
Et son nom est Tous les hommes.
Il n'y a qu'une seule femme dans le monde
Et son nom est Toutes les femmes.
Il n'y a qu'un seul enfant dans le monde
Et le nom de l'enfant est Tous les enfants.

Un peu grandiloquent, mais bon, c'étaient les années 1950. Au moins à l'époque les coiffures étaient encore convenables.

La dernière page de l'album est arrachée. On ne voit plus que le coin d'une photo où il est impossible de reconnaître quoi que ce soit et les derniers mots d'une citation avec son auteur :

... your footsteps...

Saint-John Perse.

Sur la dernière photo de l'exposition on voyait l'explosion d'une bombe atomique, dit Wechsler, une mise en garde adressée aux peuples de cette Terre. Savoir si c'était bien la dernière ? Si le précédent propriétaire l'a arrachée à cause de ça ?

A world to be born under your footsteps...
Hasten! Hasten! Word of the greatest Wind[6]*!*

III

Nous sommes retournées à nos vies. Nous nous sommes séparées à la gare de Zurich, la correspondance de Judith partait tout de suite, les adieux furent brefs, trois bises sur les joues : Merci de m'avoir accompagnée, ça m'a fait du bien. On reste en contact.

Je la suis des yeux, elle disparaît entre les voyageurs, ne se retourne même pas encore une fois, et pendant un bref instant je me sens infiniment seule. Il n'y a que mes plantes en pot qui m'attendent chez moi, mais elles ne donnent pas beaucoup d'affection. Je déambule lentement dans le hall de la gare, je gêne les gens, certains me bousculent et me transpercent de leurs coudes, c'est sans doute pour ça qu'on parle d'heure de pointe. Sourire las.

Dans le tram je repère un homme qui semble savoir tout aussi peu que moi où il est, où il va. Nous nous regardons un bref instant, nous nous reconnaissons, détournons les yeux, comme si nous avions honte l'un de l'autre.

Chez moi il fait froid, j'ai coupé le chauffage en partant, je le remonte. Par chance Tom et moi n'avons jamais habité ensemble, et après la séparation j'ai pu rester dans cet appartement sans avoir mauvaise conscience, il ne m'a pas fallu trier, éliminer, effacer, détruire. Ce n'est qu'à ce moment que j'ai remarqué qu'il ne laissait aucune trace dans ma vie, pas de carte postale, pas de photo, pas de livre emprunté, pas de sous-vêtements de rechange, pas de souvenirs, pas la moindre petite chose. Il m'a suffi de jeter sa brosse à dents qui avait de toute façon fait son temps. J'ai toujours été étonnée de voir à quel point les hommes tiennent à leur brosse à dents. Ça ne m'étonnerait pas que Tom débarque un jour pour réclamer ce qui est à lui.

Je vais faire des courses, je prends mon temps. Ça va durer un moment avant qu'il fasse de nouveau chaud dans l'appartement. Je me demande qui je pourrais bien appeler, mais en fait je n'ai pas envie de parler à quelqu'un. Ce sera donc soirée malbouffe devant la télé.

Ma vie tourne en rond, tous les jours se ressemblent. Se lever tard, préparer le café, passer quelques heures à ne pas faire grand-chose, déjeuner, me consacrer encore l'après-midi à des tâches qui ne mènent à rien, ranger, trier, m'occuper de papiers administratifs. Quand on a vécu un certain temps, on pourrait passer ce qui nous reste à vivre à remettre de l'ordre, à remplir des formulaires, à archiver des extraits de comptes, à répondre à des mails, à lire des articles de journaux qu'on a mis de côté. Je me fais du thé, feuillette un prospectus de supermarché, y a-t-il des promotions qui pourraient m'intéresser ? De la lessive, du café, du salami, de la bière ? Faire des courses. Retourner faire des courses parce que j'ai oublié quelque chose, descendre la poubelle, arroser les plantes. Je regarde beaucoup trop de vidéos sur des tueurs en série. Une fois au lit, je me lève encore une fois pour vérifier si j'ai bien fermé la porte d'entrée.

La dernière photo du catalogue ne me lâche pas. Est-ce que l'ouvrage se termine vraiment par une explosion atomique, l'apocalypse ? J'ai réservé le livre à la bibliothèque, chose étonnante il l'avait, chose encore plus étonnante il était déjà en prêt et il m'a fallu attendre dix jours. Puis le grand soulagement : la dernière page n'est pas une explosion atomique mais deux enfants habillés pauvrement. Main dans la main ils marchent sur un chemin dans la forêt, avançant vers une lumière aveuglante. Un monde naît sous leurs pas.

J'ai aussi commandé les poèmes de Saint-John Perse. Je ne suis pas calée en poésie mais ce type a quand même eu le prix Nobel, il me semble pourtant bien verbeux. Encore un qui se gargarise de grands mots sans se soucier de ce qu'ils veulent dire : Et c'est temps de bâtir sur la terre des hommes. Et c'est regain nouveau sur la terre des femmes.

Ça fait un peu resucée de Pablo Neruda. Ou comme cette jeune femme qui a déclamé son poème lors de l'investiture de Joe Biden. Amanda Je-ne-sais-plus-qui.

Je n'ai pas emporté les deux livres chez moi, je les ai tout de suite rendus.

Deux semaines après mon retour de Paris, j'ai commencé mon nouveau job. Il faut savourer ces premières fois, on ne les revit jamais, le premier jour d'école, le premier amour, la première fois où l'on fait l'amour. Voilà votre poste de travail, sur le bureau sont posés un bloc et des stylos, il y a même une tasse avec du chocolat chaud et une barre énergétique, une bouteille d'eau avec le logo de l'entreprise, et à côté une petite carte, *Welcome Andrea !* Bienvenue dans notre équipe. Nous nous réjouissons de travailler avec toi et nous te souhaitons le meilleur pour ce nouveau départ.

Ici tout le monde se tutoie, jeunes et moins jeunes, chefs et apprentis, presque comme chez Ikea. Ça c'est ton badge, ton ordinateur portable, ton mot de passe, prends le temps de t'installer.

Plus tard : C'est dans cette pièce que tu trouveras tout ce dont tu as besoin. L'abondance ! Des stylos, bleus, rouges et noirs, des crayons, des taille-crayons, des trombones de toutes les tailles, du Tipp-Ex – bizarre que ça existe encore –, même des bâtons de colle, des ciseaux, des agrafeuses, tout ça mis gratuitement à disposition. Je pourrais monter un commerce avec tout ce que je pourrais voler ici.

Plus tard : Ce sont tes nouvelles et nouveaux collègues, elle fait ci, lui fait ça, etc. La gentille collègue me fait faire le tour de la maison : Ici on met le courrier à expédier, ici c'est la station de recyclage, ici c'est la petite salle de réunion, et là c'est la grande. Il y a des zones de rencontre, un photocopieur qui sert aussi d'imprimante, et ici c'est la cuisine pour se faire du café. La machine à café fonctionne avec le badge. Tu veux un café ? Là c'est le bureau de la cheffe, je vais voir si elle a le temps. Juste dire bonjour.

À midi à la cantine, dans un bâtiment annexe, de longues tables, de grandes fenêtres donnant sur un espace vert, de la pelouse coupée ras, d'imposants vieux arbres. Tous ces visages inconnus, ces odeurs et ces bruits inconnus, c'est un peu excitant comme le premier jour d'école pour un enfant, mais dès demain l'habitude aura déjà pris le dessus.

Le menu est affiché pour toute la semaine :

Lundi

Pain de viande rôti en sauce,
pâtes et légumes-racines
ou
Strudel de tofu aux épinards avec légumes-racines

Mardi

Boulettes de viande avec sauce au curry jaune servies avec
du riz et des fruits caramélisés
ou
Boulettes véganes avec sauce au curry jaune servies avec
du riz et des fruits caramélisés

Mercredi

Saucisse de bœuf Angus avec sauce à l'oignon,
galettes de pomme de terre et carottes glacées
ou
Saucisse végétarienne avec sauce à l'oignon,
galettes de pomme de terre et carottes glacées

Jeudi

Blanc de poulet sauté de l'Alpstein avec sauce Café de Paris,
pâtes au beurre et brocolis cuits au four avec des noix
ou
Escalope de Quorn avec sauce Café de Paris,
pâtes au beurre et brocolis cuits au four avec des noix

Vendredi

Escalope de porc avec frites et
carottes deux couleurs
ou
Escalope de légume avec frites et
carottes deux couleurs

Bon, une chose est sûre, le chef n'est pas végétarien. Le tout accompagné chaque fois d'une salade ou d'un verre de jus d'orange ou de pomme pour neuf francs suisses cinquante, quatorze pour les externes. Mais moi maintenant je suis intégrée. Intégrée dans la société. Ici on dit autrement : *onboarding*. J'ai été hissée à bord et maintenant c'est parti pour la grande traversée. J'espère que le navire ne va pas couler.

Il devrait y avoir un menu pour toute l'année, ce serait reposant de savoir dès le 1er janvier ce que l'on va manger en octobre ou novembre.

Un monde naît sous mes pas ? Pourquoi je ne peux pas oublier cette citation idiote ?

Il est évident que le travail est moins intéressant que de tourner des documentaires, mais voir arriver un salaire sur son compte à la fin du mois, ce n'est pas négligeable. Et quel salaire ! Ils nagent dans le fric. Fini l'auto-exploitation, je travaille maintenant mes quarante-deux heures par semaine et quand ça dépasse je note les heures supplémentaires. Si seulement il n'y avait pas toutes ces réunions.

Ma gentille collègue m'a déjà expliqué une demi-douzaine de fois la structure organisationnelle de l'entreprise, mais je n'ai toujours pas compris les domaines, les sections, les équipes, tout ça désigné par de pompeux noms anglais. Je ne me suis toujours pas habituée au fait que je représente une ressource humaine, du capital humain comme on dit aussi, ce qui n'est guère mieux. Ma cheffe semble être satisfaite de mon travail. Je ne suis pas du genre triste, on s'amuse bien dans l'équipe et je sais travailler. Je ne dis à personne que j'ai parfois l'impression d'être dans un camp de vacances qui n'en finit pas.

La fatigue après le déjeuner semble s'être emparée de tout le personnel. J'ai l'impression que tout le monde se déplace au ralenti. Pour autant qu'ils se déplacent.

Depuis le bureau on a une vue sur le même espace vert que depuis la cantine, sauf qu'ici on est un peu plus haut, presque à la hauteur du sommet des arbres. Ils sont traversés par la lumière dorée de l'automne, les feuilles ont déjà pris des couleurs, elles bougent doucement dans le vent, les premières tombent déjà sur les étroites allées gravillonnées. Comme ce serait bien d'être dehors en ce moment, de se laisser réchauffer par le soleil d'automne, de sentir le vent, de humer l'odeur d'humus ! Mais on est loin de tout ça, les fenêtres sont hermétiquement fermées. La climatisation chuinte doucement, réglée sur la température optimale pour le confort des employés.

Je vais à la cuisine. Le ronronnement de la machine à café, le bruit du lave-vaisselle. Le programme se termine dans une heure et vingt-trois minutes. Dans une heure et vingt-deux minutes, dans une heure et vingt et une minutes, dans une heure et vingt minutes…

La gentille collègue arrive dans la cuisine, se fait aussi un café, prend un petit gâteau dans une boîte en carton rouge, un biscuit Lotus Biscoff au caramel, végane, pack de trois cents, emballé individuellement dans du papier transparent. J'ai un peu l'impression moi aussi d'être emballée dans du papier transparent.

Le week-end la gentille collègue va faire de la randonnée avec un ami. Elle ressemble exactement à ça, une femme qui va faire de la randonnée avec un ami. Savoir s'ils baisent ? Sûrement pas, même s'ils en auraient envie tous les deux et osaient l'avouer. Mais je ne leur jette pas la pierre, je n'ai même pas d'ami avec qui faire de la randonnée. Encore moins un ami avec qui je…

Vous allez où pour faire de la randonnée ?

On part de Steg jusqu'au Hörnli et on revient, ce n'est pas vraiment une randonnée, plutôt une grande balade.

Que dire ? C'est bien. Moi ça fait une éternité que je n'ai pas fait de balade.

La gentille collègue prend encore un biscuit. Mais ne me trahis pas, dit-elle en clignant des yeux.

Silence. Encore une heure et dix-sept minutes. Encore une heure et seize minutes. Encore vingt-trois ans. Je m'imaginais que la vie était un peu plus simple que ça.

Tout l'art consistera à me persuader que mon travail est important. Mais ce n'est pas facile quand on est en train de lire le journal pendant ses heures de bureau. Une interview avec l'Allemand qui a été accusé d'un double meurtre, qui a passé trente-trois ans en prison aux États-Unis et qui a été gracié il y a deux ans. Il a écrit un livre. Tout le monde écrit un livre, pourquoi pas moi ? Toutes les vies méritent d'être racontées. L'homme dit qu'il est innocent. Bien sûr, nous le sommes tous. Et il dit : Je suis heureux. Et : Ma vie quotidienne est devenue parfaitement normale. Comme quoi ! Faut-il que je passe trente-trois ans en prison pour me réconcilier avec mon destin ? Tout l'art consistera à m'accommoder de mon peu d'importance.

Mais j'avais déjà peu d'importance avant. Qui s'est intéressé à nos films ? Qui regarde ça ? Et plus important encore : qu'est-ce qu'en retirent les gens qui regardent un truc pareil ? Un écrivain marche dans Paris, dit des choses plus ou moins intelligentes. Il s'arrête devant la tombe de M. et Mme Beckett, se gratte la tête, fait comme s'il voulait acheter un catalogue d'exposition. Un écrivain marche dans le village où il est né, il se souvient de son enfance. Il s'arrête devant l'école où il a appris à lire et à écrire, il a l'air aussi désemparé que l'enfant qu'il était à sept ans, obligé de déchiffrer péniblement ces bêtises que l'on peut écrire avec les quelques lettres qu'il connaît déjà. *Mimi dans la forêt*. Il est dans le cimetière où reposent ses parents et où il sera lui aussi enterré dans pas si longtemps. Il fait froid, il y a du brouillard, il grelotte. Il erre dans le quartier où il a grandi. Les gens qui passent le regardent d'un air méfiant, ils voient tout de suite qu'il n'est pas d'ici, que ses intentions sont douteuses. Il traverse la place du marché où se trouvait le marché aux bestiaux quand il était petit et qui est maintenant rempli de voitures, il voit une vieille femme avec un déambulateur dont il se souvient vaguement. C'était qui déjà ? Qui était-il déjà ?

Notre tentative obstinée pour trouver dans son passé quelque chose qui annoncerait sa vie future. L'écrivain est-il déjà niché dans l'enfant ? Il a toujours aimé écrire, il a toujours eu de bonnes notes en rédaction, il était un peu à part. Mais c'est le cas de beaucoup d'individus. Il aurait tout aussi bien pu atterrir dans ce bureau, il aurait traité des demandes de sponsoring, envoyé des petits fanions publicitaires, vérifié ensuite les imprimés pour voir si les contrats étaient respectés, imprimé le logo suffisamment gros et dans la bonne couleur. Et parfois il aurait rêvé de livres qu'il aurait voulu écrire. Le monde serait-il plus pauvre sans ses livres ? Sa vie serait-elle plus pauvre sans ses livres ? Ses sacrifices ont-ils payé ? Pour lui tout l'art aura été de s'en convaincre.

Wechsler traverse le quartier où il a habité jusqu'à ses sept ou huit ans, la caméra le suit de près. Notre appartement était dans cet immeuble, en bas à droite, là où sont accrochés des vêtements. Quatre chambres distribuées par un couloir sans fenêtre, un grand balcon occupant toute la longueur de la façade, vue sur une prairie depuis longtemps couverte de constructions. Sur l'aire de jeux il y a encore la tour d'escalade, Wechsler se souvient du goût du métal quand il touchait la barre avec sa langue. Pourquoi, grand Dieu, a-t-il touché cette barre avec sa langue ? Il l'a léchée ? Même le bac à sable entouré de plaques de ciment est encore là, la balançoire à ressort a disparu.

Il regarde la caméra bien en face. Et que se serait-il passé si nous avions habité en bas à gauche ou en haut à droite ? Ça changerait quelque chose ? Tout ce truc autobiographique, autofictionnel, ça rime à quoi ? Cette authenticité feinte qui est plus mensongère que n'importe quelle invention ? Jamais on ne ment aussi effrontément que quand on parle de soi. En plus nous sommes en vie, faut-il encore revenir sur tout ça ? Il ne s'est rien produit, il ne restera rien, et c'est ça qu'on a fixé sur nos pellicules ? À quoi bon ? Pour moi la littérature a toujours été le lieu où des choses arrivent, où je peux faire ou non des choses qui ne sont jamais arrivées dans la réalité, que je n'ai jamais faites.

On n'est pas en train d'écrire un livre, on tourne un film.

C'est juste, Wechsler rit, mais c'est au fond la même chose.

Toute vie mérite d'être racontée. Vous êtes quand même celui qui décrit les gens ordinaires, les gens que personne ne remarque.

Mais ce n'est pas la réalité, dit Wechsler, la liberté ne se révèle pas dans la matière, elle se révèle dans la forme. Les personnages sont interchangeables. Vous aussi, vous êtes interchangeable. Nous ne savons même pas encore si vous êtes blonde ou brune ou rousse, si vous avez des yeux bleus ou verts.

Vous me préféreriez comment ?

C'est une chose que je ne vais sûrement pas vous dévoiler.

Les demandes arrivées aujourd'hui : un championnat mondial de fistball ? Ça existe ça ? Une fête de yodleurs l'été prochain, important, on va sûrement apporter notre soutien, une série de concerts de musique moderne, aucune chance, une bande d'ados qui aimeraient enregistrer leur premier CD, à la trappe. Un organisateur qui planifie des lectures d'auteurs depuis dix ans. Pourquoi écrire lectures d'auteurs et pas lectures d'auteurs et d'autrices ? Dois-je refuser d'emblée cette demande pour absence de genderisme ? Mais les anciens programmes qui sont joints sont assez équilibrés dans la représentation hommes-femmes, paisible équilibre. OK, vous avez une chance.

Je suis le bon Dieu. Personne n'est là pour me contrôler. J'examine les demandes qui arrivent, en général je les trie tout de suite, écris des lettres de refus standard, prends les dossiers qui ont une chance et les présente brièvement à la réunion. J'ai toujours des projets qui me tiennent à cœur, mais quand la cheffe les refuse, j'accepte sans broncher. J'ai essayé, on ne peut pas attendre davantage de ma part. C'est ainsi que je m'imagine le bon Dieu : les gens lui adressent des prières et il lève ou baisse le pouce suivant son humeur. Il ne peut donner satisfaction à tout le monde. Mais quels sont les critères ? En tout cas, chez nous, la bonne conduite n'en est pas un.

Je pourrais acheter un chien. Ou apprendre un instrument ou une langue, l'italien ou le russe, par exemple. Je pourrais écrire un livre ou commencer à danser le tango. Je pourrais sauter du tremplin de dix mètres ou devenir missionnaire, mais quelle serait ma mission ? Je pourrais acheter une voiture et sillonner au hasard la région. Je pourrais prendre un abonnement pour des paniers de légumes, je recevrais chaque semaine tout un tas de légumes dont les variétés sont depuis longtemps et à juste titre tombées dans l'oubli, et je les jetterais à la fin de la semaine dans le composteur avec la bonne conscience d'avoir fait quelque chose pour l'environnement et l'agriculture locale. Je pourrais changer l'agencement de mon appartement. Quand je retourne me chercher un café, le programme du lave-vaisselle est terminé.

Je dois vite aller chercher quelque chose.

Quelqu'un l'a-t-il entendu ? Est-ce que ça intéresse quelqu'un ? Quelqu'un va-t-il vérifier si je pointe en sortant ? Si je pointe quand je reviens ?

Je suis assise sur un banc dans le parc municipal. En face, près de l'aire de jeux se trouvent des mamans, elles ont l'air de s'ennuyer. Je pourrais me faire faire un enfant. Mais par qui ? Et qu'est-ce que ça changerait ? D'ici à la naissance de cet enfant, l'été serait arrivé. Ensuite c'est trop tard.

Une femme est assise sur un banc dans le parc municipal. Elle est entre deux âges, taille moyenne, corpulence moyenne, beauté moyenne, talent moyen. Autour d'elle il y a des gens avec des chiens, avec des enfants, des hommes d'affaires, des vieilles personnes, rien que des gens qui savent d'où ils viennent, où est leur place et pourquoi. La femme est assise là et regarde les gens, l'expression de son visage est celle de l'indifférence. La caméra fait un zoom arrière, la femme devient de plus en plus petite, le parc de plus en plus grand. Si je faisais un film, il ne devrait pas se terminer comme ça. Bon, au travail !

Wechsler arrive avec un jour de retard. Il a invoqué une raison quelconque. Un dégât des eaux dans sa maison, une grève des trains, une soudaine indisposition, et que sais-je encore ? Quoi qu'il en soit, il est en bas dans le hall. Je le croise par hasard en revenant de ma promenade avec Judith, la toute première promenade que nous avons faite.

Juste à temps.

Vous n'avez pas dit que la femme qui s'occupe du son n'arrivait qu'aujourd'hui ?

Il n'a aucune raison à invoquer, il a simplement mélangé les dates. C'est bon comme ça.

On boit quelque chose ?

Le bar est fermé, dit le portier de nuit qui a fini par trouver la réservation de Wechsler et lui tend sa carte. Vous pouvez aussi commander quelque chose ici.

Pas très folichon, dit Wechsler.

Le jeune homme a des connaissances en poésie baroque, soufflé-je à Wechsler. Pas de réaction.

J'aimerais bien monter mes affaires dans ma chambre, dit Wechsler.

Pourquoi ne pas aller avec lui dans sa chambre ? Jusqu'à présent il s'est toujours très bien comporté et il ne veut certainement pas commencer à gâcher les choses. Après tout je suis sa biographe. Ou quelque chose dans ce genre.

Sa chambre ressemble exactement à la nôtre, sauf qu'elle ne donne pas du même côté. Vers l'est, dit Wechsler. Il montre une maison individuelle que l'on distingue à peine dans la faible lumière d'un réverbère. C'est l'un des rares bâtiments de style Bauhaus qui a été construit en Suisse orientale. Est-ce que ça m'intéresse ? C'était le cabinet de mon médecin quand j'étais petit. Suis-je censé le savoir ? Il avait le meilleur sirop contre la toux. Ha ha. Ça existe encore ? Le sirop contre la toux ? Aucune idée. Je ne tousse pas souvent. Santé !

Allons-nous passer notre temps à échanger des futilités ? Mais qu'est-ce qui ne serait pas futile ?

Pourquoi vous écrivez ?

Il rit. Sérieusement ? Par lubricité, avidité et vanité.

Ce n'est pas de vous.

Mais c'est assez juste.

Nous sommes assis l'un en face de l'autre, moi dans un fauteuil inconfortable, lui sur le lit. Il a quitté ses chaussures et posé ses pieds sur le lit. Il a des trous dans ses chaussettes, mais ça ne semble pas le gêner. C'est l'avantage de l'âge : ne plus être gêné par rien. Du moins c'est ce que j'imagine. Wechsler se met à l'aise, écarte les oreillers et s'adosse contre le mur. Nous sommes encore plus loin l'un de l'autre maintenant. Je me lève, poussez-vous un peu, et je m'assieds à côté de lui. Nos épaules, nos hanches, nos genoux se touchent. Nous regardons tous les deux le rectangle noir de l'écran de télévision fixé au mur, comme si nous attendions de là une réponse à toutes nos questions. Je prends la télécommande sur la table de chevet, allume le téléviseur et coupe le son. Un talk-show, des gens qui s'échauffent, qui rient, l'un d'eux joue les professeurs, ça se voit à l'expression blasée de son visage, à ses gestes qui soulignent ses paroles. Contrechamp vers la présentatrice qui essaie de l'interrompre. Wechsler me prend la télécommande des mains, change plusieurs fois de chaînes, une scène d'amour, une publicité pour une voiture, les titres du jour, des gens qui essaient de passer par-dessus une clôture. Il éteint la télévision.

C'est comme de jouer à Dieu, dit-il, et je me demande un instant s'il parle de l'écriture ou du zapping. Les écrivains, eux, peuvent créer des mondes, orienter des destins, ils peuvent réunir des couples ou les séparer, faire naître des enfants, faire mourir des gens et les ramener à la vie, ils décident du bonheur et du malheur, de la vie et de la mort.

Pourquoi n'avons-nous pas une aventure ?

C'est votre histoire, pas la mienne, dit Wechsler. Vous pouvez imaginer ce que vous voulez.

Si c'était votre histoire, si j'étais votre personnage, nous aurions une aventure ?

Pas de réponse.

Et si j'étais Judith ?

Ça fait longtemps que je n'ai pas cherché le nom de David sur Google. Et quand je l'ai fait, ce n'était ni par nostalgie, ni par désir, ni pour une autre raison, j'étais simplement curieuse de savoir ce qu'il était devenu.

David Schoch, toujours dans le séminaire d'études cinématographiques. C'est là que nous nous étions rencontrés, que nous avions étudié ensemble jusqu'à ce que j'interrompe ces études et prenne un poste d'assistante de production. Je voulais du concret, il restait fidèle à la théorie. Maintenant il est maître de conférences et moi je ne suis plus rien. L'art a toujours nourri les gens qui s'en occupent de façon théorique ou qui l'enseignent, pas ceux qui en font. Mais aurais-je envie d'enseigner l'histoire du film documentaire ou les formes non réalistes du récit cinématographique ? Sans parler du fait que je n'ai aucune idée de tout ça.

Sur la page de David, il y a son CV, il faudrait donc que je lui donne du docteur, il y a aussi une liste impressionnante de publications, de monographies, de papiers, d'articles, d'études, de synthèses, de conférences. Je me plais à imaginer que s'il a eu du succès c'est simplement parce que je l'ai envoyé sur les roses à l'époque. Ma foi, ça se pourrait, une forme de compensation. En tout cas, ça ne l'a pas tué. Dernière publication de David recensée sur sa page web : *Found Footage – le film participatif documentaire À l'exemple de YouTube.* Je charge l'article, lis la première demi-page avant de le ranger dans le dossier des textes que je lirai plus tard, autrement dit : corbeille. Sur sa page il y a aussi son adresse mail.

J'essaie de me rappeler comment s'est terminée exactement notre relation, de façon plutôt sereine ou par une terrible dispute. Mais David ne se disputait pas, il était trop maître de lui-même pour ça, trop intellectuel, trop doux aussi. Il a sans doute été simplement très triste pendant que je couchais déjà avec mon nouveau béguin. Je n'arrive plus à me rappeler, vraiment pas. Bon, je me lance :

Cher David, ça fait longtemps qu'on ne s'est pas parlé. As-tu envie de venir faire une balade avec moi le week-end prochain ? Bien cordialement. Andrea.

Je ne peux pas retenir un petit sourire au moment d'envoyer le mail. C'est quand même assez gonflé de ma part après tout ce que je lui ai fait. Mais il a toujours été quelqu'un de tolérant, et ça aussi ça m'énervait.

Il a effectivement envie de faire une balade. Qui l'eût cru ? Sa réponse est arrivée juste quelques heures après. Bien sûr, pourquoi pas, il n'a rien de prévu pour ce week-end. Pas de reproche, pas de tristesse, il a répondu comme si nous étions de vieux copains, comme si de rien n'était. Ça m'agace déjà un peu, mais c'est moi qui lui ai écrit, pas lui. Quelques échanges de mail pour organiser la chose. On va sur le Hörnli ? Avec plaisir. À telle heure, on se retrouve dans le dernier wagon de deuxième classe, n'oublie pas une protection contre la pluie. C'est ce qu'il a écrit, il semble avoir plus d'expérience que moi pour les randonnées. Je n'ai pas de protection contre la pluie. Et si par hasard ma gentille collègue et son ami sont aussi dans le train ? Ce serait un peu gênant, mais le Hörnli n'est pas leur chasse gardée.

Les scènes de sexe n'ont aucun intérêt, dit Wechsler.

Qui a dit ça ?

C'est comme de regarder les gens manger. Ce n'est pas très beau en général.

Je réfléchis pour voir si je me souviens de bonnes scènes de sexe. Hum, difficile. J'ai lu quelques pages de *Cinquante Nuances de Grey*, pas mal de pages, pour être honnête. C'était affligeant. Anastasia. Sa langue caresse mon prénom...

Vous connaissez la blague du Suisse de l'Appenzell qui veut aller dans un bordel à Paris ? demande Wechsler avec un visage qui ne montre pas qu'il va raconter une blague. Je soupire, mais pas d'envie. Je ne supporte pas les blagues.

Le type de l'Appenzell revient de Paris, dit Wechsler, et ses amis veulent savoir comment c'était, et il décrit de long en large l'endroit avec les lustres en cristal, les boiseries sombres, le velours rouge. Il décrit les belles femmes, les vêtements osés qu'elles portent, les coiffures, les ongles vernis. Il raconte comment une femme l'aborde, il commande du champagne, il dit à quel point le champagne est cher – évidemment, il est suisse –, il raconte comment la femme lui sourit, lui fait signe, l'enjôle avant de l'emmener dans un coin retiré. Encore des descriptions de velours de boiseries sobres, de lumière tamisée, un divan. Puis il décrit comment la femme se déshabille, avec une infinie lenteur, tout comme il raconte son histoire, il décrit les sous-vêtements raffinés, les bas, les porte-jarretelles, comment elle enlève ses bas jusqu'à ce qu'elle se retrouve complètement nue. Ses amis sont tout émoustillés. Et alors ? Qu'est-ce qui s'est passé ? Raconte ! Le reste, dit le type de l'Appenzell, c'était comme à la maison.

Wechsler ne rit pas, moi non plus.

Vous êtes un formidable raconteur de blagues, dis-je. Là, il rit. Moi aussi.

Et si j'étais Judith ?

Ça fait six mois ou un an que vous ne vous êtes pas vus. Judith ne sonne pas, elle frappe à la porte, même si elle a une clef. Quand Richard ouvre, elle est rayonnante. Il veut dire quelque chose, mais elle lui fait signe de se taire en posant un index sur sa bouche. Silence. Ils se regardent. Judith porte un pantalon de toile beige, un haut blanc et sans manches, des sandales, une petite chaîne en or autour de sa cheville et qu'elle ne met que pour lui. Ça ne ferait pas bonne impression quand je suis en chaire, a-t-elle dit un jour en riant. En fait la petite chaîne est à moi, mais je la lui ai prêtée pour l'occasion.

Tu as fait bon voyage ?

Elle s'est avancée vers Richard, a posé cette fois son doigt sur sa bouche à lui, puis elle le prend dans ses bras et l'embrasse. Elle le lâche, le précède dans le salon, laisse tomber son sac dans l'entrée, s'avance vers la baie vitrée. Maintenant c'est lui qui la prend dans ses bras, par-derrière, ses mains sur ses hanches, sur son ventre. Il embrasse son cou, sa nuque. Il ne voit pas son visage, mais il sait qu'elle sourit. Il déboutonne son chemisier, ce sont de tout petits boutons qui sont difficiles à ouvrir, mais ils ne sont pas pressés. Richard retire son haut de son pantalon, il y a encore un bouton, il le lui enlève et le laisse tomber sur le sol. Elle porte les beaux sous-vêtements qu'il lui a offerts la dernière fois qu'elle était là, des dessous noirs. Ils étaient allés ensemble dans un magasin de lingerie, un peu nerveux comme des adolescents qui achètent des préservatifs pour la première fois. Quand la jeune vendeuse leur a demandé ce qu'ils cherchaient, Richard s'est rendu compte qu'il lui manquait le vocabulaire en français. À quoi pouvait bien penser la vendeuse ? Un vieux couple d'amoureux, elle trouvait ça gênant ou émouvant ? Richard écarte l'une des bretelles du soutien-gorge, embrasse l'endroit où elle a imprimé une petite trace sur l'épaule. Puis il dégrafe le soutien-gorge, le retire, elle lève les bras pour l'aider. Quand il défait sa ceinture, elle se retourne vers lui, ouvre vite sa chemise et son pantalon et le déshabille. Il est nu devant elle, mais pas longtemps. Cette lutte, cette étreinte, cette pression, cette faim partagée. Puis Judith le laisse encore une fois, se dirige vers son sac, se baisse et sort une bouteille d'eau. Elle boit à la bouteille, Richard a tout le temps de l'observer. Parfois elle fait une réflexion, disant ce qui ne lui plaît pas chez elle et il peut voir tout ce qu'elle se reproche, mais quand il la regarde maintenant, il est aveugle à tout ça, car c'est simplement la femme qu'il aime. Et le reste est comme à la maison.

Je me suis allongée et me retrouve à côté de Wechsler qui est toujours assis, adossé au mur, en train de siroter sa bière et de fixer l'écran noir.

Pourquoi n'avons-nous pas de liaison ? C'est vrai, il est bien plus âgé que moi, ce n'est pas vraiment ce que je recherche, mais la différence d'âge n'est pas énorme et je ne vais pas l'épouser. Physiquement il a l'air encore en forme, maintenant qu'il n'est pas encore mort, mais ce n'est pas ce qui m'attire. Quoi donc alors ? Peut-être parce qu'il ne semble pas être en manque, qu'il ne me court pas après comme un chien. Peut-être qu'il a une histoire avec un secret suffisamment grand pour ne pas être dévoilé dès la première rencontre. C'est de la nécrophilie quand on imagine faire l'amour avec un mort ? Mais dans mon imagination il vit encore.

Il finit par s'allonger à côté de moi, nous sommes très près l'un de l'autre, on se regarde dans les yeux, moment savoureux. Il pose une main sur ma hanche, pose un rapide baiser sur ma bouche, juste un frôlement. Je porte quoi ? Pas un jeans, impossible à quitter sans perdre sa dignité. Une robe qu'il peut facilement relever ? Trop simple et trop rapide. Peut-être une jupe pas trop courte avec une ceinture, un chemisier, des bas. Des dessous noirs.

Et tu trouves toujours que les scènes de sexe ne sont pas intéressantes ?

Pas dans la réalité, pas dans l'imagination, dit Wechsler, juste dans la littérature.

On se tutoie ? demandé-je.

Non, dit-il en commençant à déboutonner mon chemisier.

David a l'air d'aller bien, mieux qu'avant. Il n'a évidemment pas changé du tout au tout, mais il est devenu plus sûr de lui et ça fait une énorme différence. Il semble avoir trouvé une forme d'harmonie avec lui-même, il regarde le monde en face ; la seule chose qui cloche, c'est son pantalon avec des poches plaquées sur les cuisses. Mais je veux bien fermer les yeux là-dessus, après tout on va faire une randonnée et s'il avait mis des knickerbockers ça aurait été encore pire. Il a perdu toute cette part de timidité, de questionnement, de rêverie. Il n'est plus le garçon pas très sûr de lui et malheureux qui était amoureux de moi, mais un universitaire qui a réussi et qui le sait, un homme comme les autres.

Il se lève, m'embrasse sur les deux joues, sourit. C'est bien de te voir.

On peut oublier la première heure passée dans le train, nous nous sommes simplement raconté ce qui nous est arrivé, ce que nous avons fait, comment nous vivons, rien de très important. Je mets les pieds dans le plat : Ton amie n'a rien à redire que tu ailles faire une randonnée avec ton ex ? Lui : Pour le moment je n'ai pas de petite amie. Ha ha ! Et toi, ton ami ? Il fait un petit sourire. Bon, j'aurais pu tout de suite demander si tu en avais un. Et tu ne fais plus du tout de films ?

L'échec du film sur Richard Wechsler était la goutte d'eau qui a fait déborder le vase. Ça ne marchait déjà pas fort avant. Qui peut vivre de films documentaires dans ce pays ?

À Steg je vois ma gentille collègue avec son ami passer sur le quai de la gare, ils devaient effectivement être dans le même train que nous et ils sont équipés de pied en cap, rien que du fonctionnel : sac à dos, bâtons, grosses chaussures. L'homme a l'air un peu ennuyeux, mais je ne peux pas dire d'où ça vient. L'expression de son visage ? Sa façon de bouger ? La couleur de ses vêtements ? Ou simplement le fait qu'il va entreprendre une randonnée avec une amie un peu ennuyeuse ? Je fais comme si je devais relacer mes chaussures pour les laisser prendre de l'avance. Mais je me fais du souci pour rien, à les voir filer comme des lapins, on a peu de chance de les rejoindre.

Quatre cent trente-neuf mètres de dénivelé, c'est déjà pas mal. Randonnée facile sans difficultés particulières, était-il indiqué sur Internet. Je devrais poursuivre en justice pour blessures corporelles ceux qui tiennent cette page. David est sans cesse obligé de s'arrêter pour m'attendre. Il ne pourrait pas simplement se caler sur mon rythme ? Ou a-t-il honte d'être doublé par des retraités ? Quand on est arrêté au bord du chemin, on peut faire comme si on admirait le paysage. C'est sûr, les retraités sont plus en forme que moi, ils n'ont rien d'autre à faire que de se balader. En tout cas on peut oublier la parlote pendant la montée, je suis seulement en mesure de mendier un peu d'eau, car David s'est aussi chargé de mon sac.

Il y a un restaurant un peu en dessous du sommet mais nous avons apporté notre casse-croûte, comme il se doit pour de vrais randonneurs. Entre le restaurant et le sommet, il y a une grande prairie où sont déjà installées quelques personnes en train de pique-niquer. Nous avons repéré un endroit qui nous plaît, mais à ce moment j'entends quelqu'un qui m'appelle. La gentille collègue m'a trouvée. Il faut bien que j'aille vers elle pour lui dire bonjour. Tu m'as donné l'idée de cette balade, mais la montagne est suffisamment grande pour tout le monde. C'est David. Enchantée. C'est Rüdiger. Ah, vous êtes allemand. Très bien. Pourquoi je dis ça ? Pourquoi c'est très bien qu'elle aille faire des randonnées avec un Allemand ? Vous ne voulez pas vous asseoir avec nous ? Si, bien sûr, dit David, toujours aussi poli. Non, dis-je, nous devons parler de quelque chose. On se voit demain au bureau. Les deux ne baisent sûrement pas.

Nous trouvons un endroit en bordure de la prairie près d'un gigantesque pylône avec des milliers d'antennes.

Il faut qu'on parle de quoi ? demande David.

Si nous avions des saucisses, on pourrait les faire griller avec tout ce grésillement électromagnétique.

Non, sérieusement, dit David, tu me fais signe après je ne sais combien d'années juste pour qu'on fasse une balade ? C'est quoi la vraie raison ?

Aucune idée. C'est vrai, je n'en ai aucune idée. C'est cette femme là-bas avec son Allemand – je fais un geste vague en direction de ma gentille collègue assise cinquante mètres plus bas –, qui m'a donné l'idée d'aller faire une balade avec un ami. C'est une chose qu'elles font, les célibataires de mon âge.

David rit et secoue la tête. Bon, j'ai toujours su que tu étais un peu dingue.

Tu crois qu'ils baisent tous les deux ? Ou ils font simplement des randonnées ?

David me lance un regard réprobateur. Andrea, je t'en prie ! Puis il se tourne de nouveau vers ma gentille collègue et son Rüdiger. Je ne crois pas.

Mais nous on baise. Pas ici bien sûr, plus tard, chez David. Son appartement est aménagé avec goût. Pas de livres, mais des centaines de DVD rangés par ordre alphabétique de noms de réalisateurs. C'est une chose à dire ici ? Oui, parce que plus tard on va parler cinéma. Mais ça c'est pour plus tard. Nous sommes allongés en croix sur le lit, sa tête est posée sur mon ventre et ma main bouge en haut de sa cuisse.

Dis-moi, tout ce que tu écris, tous ces articles, ça intéresse quelqu'un ?

Il a du mal à se concentrer. Aucune idée. D'autres gens qui étudient les films ?

Mais est-ce que ça a une influence sur les films qui sont faits ? Est-ce que je pourrais en retirer quelque chose pour mon travail ? Est-ce que ça pourrait m'inspirer ? À supposer que je lise tout ça.

Il vient de penser à autre chose et je ne suis pas totalement innocente.

Je croyais que tu ne faisais plus de films.

Je suis une cinéaste qui ne filme plus. À l'époque de YouTube.

Il soupire. Tu as bien lu mon article.

Le premier paragraphe.

Ça aurait été sans doute plus simple si tu avais tourné un film sur un auteur mort.

Maintenant il est mort.

Je me redresse et m'assieds sur David. Il ferme les yeux.

Et tu écriras ensuite quelque chose de joli là-dessus.

Trop de dialogues. Coupe. Avance rapide.

Ensuite on a parlé de films. Nous sommes allongés côte à côte sur le lit, nus, David caresse machinalement mes fesses, ça m'énerve, je me retourne sur le dos. Il me parle de projets de films documentaires avec une participation de masse, le sujet sur lequel il est en train de travailler. Il est de nouveau dans son élément, le maître de conférences, sauf qu'il fait son cours dans un lit et sans vêtements. Je ne lui dis pas, mais j'ai l'impression d'en savoir beaucoup plus que lui sur les films, j'en ai quand même tourné un certain nombre qui ne sont pas mauvais. J'ai même gagné un prix une fois. Mais David a lu Bakhtine et Eco et tous ces Français incompréhensibles dont je ne peux même pas distinguer les noms. Je n'ai aucune chance dans une discussion.

Un artiste français a fait faire des milliers d'interviews partout dans le monde, me raconte M. le professeur David, on posait toujours les mêmes questions aux gens : Qu'est-ce que l'amour ? Quel est le sens de la vie ? Qu'est-ce que le bonheur ? Et il a ensuite fait un film à partir des réponses.

Et ça a donné quelque chose de bien ?

La question n'est pas là, dit David. Arte a fait des films de vingt-quatre heures sur différentes villes.

YouTube a invité ses utilisateurs à se filmer eux-mêmes un jour donné et ensuite ils ont réalisé un montage d'une heure et demie avec les clips qu'on leur avait envoyés. *Life in a Day*. Ils ont déjà fait ça deux fois, à dix ans d'intervalle.

Mais est-ce que les gens ne font pas ça de toute façon ? YouTube n'est après tout rien d'autre qu'un gigantesque film fait de clips portant sur tout et n'importe quoi, depuis les gentils petits chats jusqu'aux tueurs en série. Et l'algorithme remplace la monteuse.

Chaque minute, cinq cents heures de vidéos sont chargées sur YouTube, dit David, et ce ne sont même pas les derniers chiffres. Si tu passes vingt-quatre heures de ta vie devant un ordinateur, tu peux regarder les vidéos d'une seule journée.

Il a pris son ordinateur portable sur la table de chevet et ouvre YouTube. Je me suis à nouveau mise sur le ventre. Je crois qu'il est un peu gêné que je voie sa liste de favoris, des vidéos d'entraînement physique et le trailer de *Fast & Furious*. Quooooiii ?

Mais il a déjà démarré la vidéo de *Life in a Day* et nous regardons cette journée du 25 juillet 2020, un chien qui aboie, des enfants qui sont mis au monde, une femme et un homme qui partent pour Kansas City dans une voiture bleue. Un homme qui saute dans un lac dans le nord de la Sibérie et qui dit que sa plus grande peur c'est que sa vie passe inaperçue, peur qui n'est pas infondée quand on habite le nord de la Sibérie. Il y a aussi quelques demandes en mariage et des mariages, pas mal de baisers, de petits chiens et de gros éléphants. *The Family of Man* en moins bien. Un film aussi ennuyeux que la vie. Pourquoi on regarde ça ? Ces gens qui n'ont aucun rapport avec nous, qui ne sont ni plus beaux ni plus intéressants que nous ? Mais peut-être qu'on se voit à travers eux, ils sont nos représentants, et pendant qu'ils deviennent importants en devenant immortels, nous le devenons aussi.

Et ce jour-là, personne n'a baisé ?

Pour ce genre de vidéos, il y a d'autres sites, dit David. Tu préfères regarder ça ?

Pas envie.

Les choses conceptuelles sont plus intéressantes pour les théoriciens qu'un bon film documentaire, c'est clair, même si ça ne vaut pas grand-chose. Ils peuvent réfléchir là-dessus et échafauder des théories et élucubrer sur l'avenir du film documentaire et la crise du film documentaire.

Dans ce genre de projet, le côté documentaire est accessoire, dit David. C'est comme pour le carnaval, ce qui compte ce n'est pas le résultat mais la participation. Le carnaval a ses propres règles, c'est un moment de liberté, de régénération auquel tout le monde prend part.

Ceux qui participent, dis-je. Moi, je déteste le carnaval.

David cherche un passage précis dans le film qu'il semble connaître par cœur.

On voit une femme asiatique, elle fait la cuisine, son ami qui est en train de filmer lui demande ce qu'elle prépare. Une poêlée d'aubergines et de poivrons, dit-elle. Et elle ajoute qu'elle va se séparer de lui parce qu'il considère leur relation comme une chose évidente et que de toute façon il ne l'épousera jamais. Il ne réagit pas, continue de filmer comme si de rien n'était. Maintenant la femme rit, incrédule : Attends, tu es d'accord avec ça ? Je croyais que tu disais ça pour le film, dit l'homme à voix basse, comme s'il n'avait pas envie que ça s'entende. Non, je parle sérieusement. Le rire de la femme se transforme en pleurs. Oh, c'est triste, dit l'homme chagriné, sans s'arrêter de filmer. La femme s'est détournée et essuie ses larmes du revers de la main. L'homme filme toujours.

David me regarde avec un petit sourire. Et je me dis qu'il est aussi salaud que le type qui filme son amie en train de pleurer, même si je crois qu'il n'a jamais tenu une caméra de sa vie.

Avec Wechsler j'ai souvent parlé du sens et de l'absurdité du cinéma. Il m'a raconté qu'autrefois, dans son village, il y avait une caméra dans la vitrine du marchand de télévisions, dont le signal était directement relié à un petit moniteur, et eux, les enfants, s'ils restaient un certain temps devant la vitrine, ils pouvaient se voir dans le moniteur. N'importe quel miroir reflétait une image bien meilleure, mais ce n'était pas ce qui importait. Le moniteur était une autre dimension, disait Wechsler, une fiction où l'on se trouvait transposé par-delà le quotidien.

David dit à peu près la même chose : au fond, l'enjeu de tous ces projets, c'est le passage du temps. L'un des types d'Arte l'avait formulé ainsi : Rien ne restera, et ça on l'a fixé.

Et mes films ? Il en restera quelque chose ? Est-ce que quelqu'un s'intéressera encore à Wechsler dans cent ans ? Il y a peu de chances. Et à notre film, si on l'avait terminé ?

Quand je m'étais mis avec David, je tournais juste mon premier film, le portrait de l'une des femmes de ménage à l'académie, Emina, une Bosniaque avec qui je m'étais un peu liée d'amitié. C'était encore pendant mes études, et comme je restais souvent tard le soir à la bibliothèque, je connaissais tous les gens qui faisaient le ménage. Le film n'était pas mal du tout, même s'il y avait un peu de romantisme social dedans, le kitsch du genre pauvre-mais-heureuse. Et toute-personne-mérite-qu'on-s'intéresse-à-elle, toute-vie-mérite-d'être-prise-en-compte. Comme si c'était un cadeau. J'avais même remporté un prix, j'avais gardé l'argent pour moi. Emina et son mari étaient venus à la remise du prix et ils étaient contents de l'attention qu'on leur avait portée, mais je ne pouvais me débarrasser de l'impression de les avoir utilisés. Ensuite je n'ai plus fait que des portraits d'artistes, là au moins j'avançais en terrain balisé, c'étaient de toute façon tous des nombrilistes et des narcisses. Des narcissiques ? Peu importe.

Je crois que David a toujours été un peu jaloux que je fasse des films. Il le montrait au début en chantant mes louanges et en affirmant que j'étais un génie, puis en ne laissant plus rien passer dans mes films, en voulant entamer une discussion de principe sur chaque point de vue, jamais sous la forme d'une critique loyale, mais toujours comme une proposition, une remarque, une idée, comment on aurait aussi pu faire les choses. Dis-le carrément si tu trouves que mes films c'est de la merde. Tu n'as qu'à faire un film toi-même. C'est peut-être d'ailleurs la raison qui a fait que je me suis séparée de lui, et pas à cause de l'ésotérique jaloux.

Andrea et David, portrait d'une relation ratée. Ce n'était en tout cas pas un problème de sexe, au lit on s'était toujours bien entendus. Mais à un moment donné on arrête tout. Si je devais faire ce film, je nous montrerais en train de marcher, David toujours avec une longueur d'avance, pérorant. Maintenant on va de la droite vers la gauche. Et évidemment David irait de la droite vers la gauche, pendant que moi j'irais de la gauche vers la droite. Et en plus il s'accrochait. Quand exceptionnellement il ne marchait pas devant mais à côté de moi, il prenait ma main. Je n'aimais pas qu'il me prenne la main. Déjà l'expression : prendre la main. C'était comme : donner la papatte. Je n'étais quand même pas son chien. Quand nous regardions un film ensemble, je pouvais déjà deviner les scènes qu'il me signalerait, je l'entendais déjà : C'est une citation, Godard, tu sais, c'était dans *Le Mépris*. Avec le titre en français. Ce mépris. Je savais bien qu'il était meilleur que moi, qu'il parlait le français. Et l'anglais et un peu d'espagnol ou de finnois. Mais était-ce la vérité ? À quoi aurait ressemblé le film qu'il aurait fait sur moi, la femme qu'il aimait ? Dont il aurait sans doute dit qu'il l'aimait ?

Moi à la fenêtre en contre-jour, je porte quelque chose de transparent, la lumière détoure les contours de mon corps. Musique rêveuse, la voix de David, doucement, comme s'il se parlait à lui-même. Sa langue caresse mon prénom.

David pensait que j'étais surdouée. Bien sûr, c'était le niveau minimum. Même les enfants n'existent qu'en deux modèles, soit surdoués soit perturbés, ce qui compte c'est qu'ils soient quelque chose de particulier.

Mais cela voulait simplement dire : elle n'a encore rien fait de vraiment sensationnel. Je crois que j'aurais préféré être perturbée ou du moins présenter des problèmes de comportement. En tout cas j'étais sûre à l'époque, comme aujourd'hui, que je n'étais pas, ne suis pas, ne serai jamais surdouée…

Le lendemain matin, je sais que j'ai fait une bourde. David s'est levé tôt, il est allé acheter des croissants, du jus d'orange frais pressé et des fleurs. Au moins pas des roses, simplement des asters d'automne, c'est de saison. Quand je sors de la douche, il est assis à la table et rayonne comme une coccinelle. Je ne sais pas si ça se dit, mais c'est l'impression que ça me fait. Je m'assieds à la table, nue, et je vois qu'il me jette un drôle de regard. Sans doute que ce n'est pas hygiénique ou pas convenable.

Il me rappelle beaucoup Tom, sauf que lui, pour dire crûment les choses, était un loser. Lui me satisfait au lit, il est intelligent, attentif, il a du goût, il gagne bien. Et il est vraiment amoureux de moi. Que ceux qui sont pour que je revienne avec lui lèvent la main. Tout le monde ? OK, salut !

J'ai eu une fois une liaison avec un homme qui avait une barbe. Sa barbe ne me plaisait pas et je le lui ai dit. Quand nous nous sommes revus la fois suivante, il avait rasé sa barbe. Je l'ai tout de suite envoyé promener. J'ai eu une liaison avec un autre homme qui avait une barbe. Sa barbe ne me plaisait pas et je le lui ai dit. Quand nous nous sommes revus la fois suivante, il avait toujours sa barbe. Ça n'a pas duré plus longtemps. Les hommes, voilà une leçon pour vous ! Un morceau choisi parmi les vérités d'Andrea : si vous avez une barbe qui ne plaît pas à votre amie, rasez-la ou gardez-la, c'est de toute façon peine perdue.

Il faut que je parte maintenant. Oui bien sûr, je te fais signe. C'était bien. Je peux emporter les fleurs ? Merci. Bonne chance.

Je jette les fleurs dans la première poubelle venue. Et si David les trouve ? Peu importe, au moins il ne sera pas étonné quand il recevra mon message WhatsApp. Peut-être que je ne suis pas assez amoureuse. Pas pour une relation en tout cas.

Je vais maintenant tous les jours à vélo au bureau, même s'il fait déjà froid. C'est chaque fois le grand moment de ma journée. Je me suis acheté des gants, un bonnet et une protection contre la pluie, une sorte de poncho qui peut couvrir le guidon, bleu foncé avec des bandes réfléchissantes. Au départ j'en voulais un vert clair, mais ils n'en avaient pas. Quand je pars le matin, il fait à peine jour. Il a plu, la chaussée mouillée réfléchit les lumières, les bruits, la pluie me fouette le visage. Il fait froid. Il y a des feuilles mortes sur la route et je manque de tomber dans un virage.

Problèmes au bureau. Ce n'est pas le bureau le problème, c'est moi le problème. Je ne m'aime pas à être toujours en train de la ramener avec mes films. Moi, l'artiste, je suis meilleure que vous. Ils me supportent patiemment, mais je ne me supporte pas. Je suis souvent de mauvaise humeur, vraiment mauvaise. J'ai demandé à ma gentille collègue comment allait Rüdiger. Déjà rien que le nom ! S'il me fallait inventer un Allemand, il s'appellerait Rüdiger. Ou Holger. Bien, a-t-elle dit. Puis j'ai demandé s'il la baisait, je n'ai pas employé ce mot, mais elle a bien compris ce que je voulais dire. J'aurais mieux fait de tenir ma langue. Elle a commencé à pleurer et j'ai dû me taper toute l'histoire triste qui ne change rien à l'affaire, on peut laisser tomber. En tout cas je suis pour ainsi dire devenue sa confidente et elle veut toujours que je mange avec elle à midi à la cantine, alors que je préfère aller me chercher un sandwich ramolli ou une baguette pizza à la supérette et manger à mon bureau. Sans dépointer bien sûr. Ma cheffe s'en est rendu compte et elle m'en a fait la remarque. Elle a été très diplomate, pleine d'égards, il ne fallait pas que ça ait l'air d'être un reproche. Elle comprenait très bien que, vu mon indépendance d'esprit, je ne sois pas habituée à la saisie des données du temps de travail. Mais elle serait malgré tout très contente si je pouvais afficher… un sourire aimable.

La moitié du temps, je ne sais pas ce que je dois faire. Les autres ont l'air de maîtriser certaines techniques ou certains trucs, ils s'occupent, en tout cas ils restent assis devant leur écran, tapent à toute vitesse sur leur clavier, visage fermé. Pendant un moment j'essaie de regarder des vidéos sur YouTube, mais sans le son les interviews de *serial killers* n'ont aucun intérêt. Je déambule donc dans le labyrinthe de Google.

Un détail très intéressant concernant la vie des paresseux tridactyles : ils vivent en symbiose avec des petits papillons de la famille des Chrysauginae qui se nichent dans leur pelage et pondent des œufs dans leurs excréments. Ces papillons libèrent des composés azotés et phosphorés dans la fourrure des paresseux, ce qui favorise la croissance d'algues. Ces algues sont mangées par les paresseux quand ils entretiennent leur pelage, ce qui leur permet d'obtenir des nutriments essentiels qui ne sont pas présents dans leur maigre alimentation habituelle à base de feuilles. Et une fois par semaine, ils descendent de l'arbre pour déféquer.

Combien de temps un employé de bureau peut-il rester aux toilettes de façon crédible ? Mes collègues doivent croire que j'ai le syndrome du côlon irritable. Internet dit, dommage, que l'employeur n'a pas à payer le temps de fréquentation des toilettes. J'espère que ma cheffe ne le sait pas.

Le temps à Paris, très nuageux, quatre degrés. Le temps à Moscou, fortes chutes de neige, un degré, le temps au pôle Sud, ensoleillé et sec, moins trente-neuf degrés. Ah, si seulement j'étais au pôle Sud en train de filmer des pingouins !

Les demandes de sponsoring qui arrivent chaque jour m'agacent de plus en plus, surtout celles qui émanent d'artistes. Tout ce qu'ils inventent. Et ce serait à nous de les financer. Pourtant les directives sont claires : les projets artistiques individuels ne sont pas soutenus. Ils ne savent pas lire ? J'ai désormais la réputation d'être particulièrement sévère avec les projets de films. Peut-être, mais il y a aussi beaucoup de bêtises qui sont tournées. Et si un millier de personnes voient ça ensuite au cinéma, l'impact n'est pas vraiment époustouflant non plus. De temps à autre d'anciennes collègues me contactent directement pour me demander de l'argent, manque total de dignité. Je les ai toujours envoyées balader. J'ai simplement prétendu que nous avions une stratégie de marque unique et que leur projet était contraire à nos *brand values*, peu importe ce que cela signifie. Mais je peux vous envoyer des stylos ou des fanions.

Bref, je ne vais pas bien.

Journées brumeuses. Parfois je pars n'importe où le week-end, simplement pour ne pas rester à la maison. Une exposition dans une petite ville, une artiste que j'apprécie. À part moi, personne dans l'exposition. La nuit tombe plus vite que je ne le pensais. Il y a du brouillard dans les petites rues de cette ville que je ne connais pas, on est samedi mais il n'y a presque personne dehors. Je rentre, traverse le paysage sombre, de temps en temps des lumières, une gare dont je ne peux pas lire le nom, une route qui longe la voie ferrée et qui brusquement s'éloigne, un terrain de football sous des projecteurs, une zone industrielle inondée de lumière.

Il fait froid dans mon appartement. Je suis assise sur mon lit, je bois du vin rouge directement à la bouteille – un peu théâtral, je l'admets –, je regarde des vidéos sur mon téléphone mobile. Je m'ennuie avec moi-même. J'aimerais bien avoir de nouveau quelqu'un comme Richard ou Judith dans ma vie. Bien sûr ils m'énervaient parfois, mais chaque fois que j'étais avec eux j'avais l'impression que ma vie, mes actes valaient le coup. Comme ce qui se passe dans un bon livre, des choses qui arrivent et ont un sens, pas juste une suite de hasards comme ma vie. Je m'allonge, ferme les yeux et murmure : Venez, venez ! C'est comme une séance de spiritisme.

Ils sont là, je suis dans une immense sale très éclairée, dans un château. Je porte une crinoline et des chaussures à talons hauts. Une musique de valse remplit la pièce et Richard et Judith entrent en dansant. Les autres invités reculent et forment une allée. Le couple vient directement vers moi et nous dansons soudain à trois, je ne sais pas comment c'est possible, mais cela se fait tout seul. Nous rions et flottons dans les airs, tout le monde danse à nouveau en dessous de nous, ils semblent nous avoir déjà oubliés. Nous sommes très heureux, le bonheur nous unit, il nous porte, nous ne faisons qu'un.

Quand je me réveille, je ne sais pas quelle heure il est. Je suis habillée, mes vêtements sont tout froissés. Il faut vite que j'aille aux toilettes, et je suis morte de soif. En me levant, je renverse la bouteille vide posée près du lit.

Dehors il y a toujours un brouillard épais. J'ai du mal à me souvenir de ce que j'ai fait hier, les jours, les semaines et les mois passés ; j'ai l'impression de me réveiller du néant, comme si toute ma vie jusque-là n'avait été qu'un rêve qui se dissout dans la lumière trouble du jour.

Même la cuisine me semble un lieu étranger, je suis obligée de chercher longtemps avant de trouver le café, les filtres, la cafetière. Ensuite je sors. Personne dehors. J'ai oublié mon téléphone, c'est peut-être le matin ou le midi ou l'après-midi. J'arrive dans un quartier où je ne suis encore jamais allée, je longe une rue large bordée de bâtiments industriels, des bureaux, quelques immeubles d'habitation. À un arrêt de bus je m'assieds sur un banc, avec le brouillard de petites gouttes d'eau se sont formées sur les lattes en bois vernies de couleur verte. Mes fesses sont toutes mouillées, il fait froid. C'est de nouveau la nuit qui tombe ou ma vue a baissé ?

J'ai fait demi-tour, j'ai de nouveau longé la rue jusqu'à ce que je sache où je me trouve. En bas de l'immeuble où j'habite est affichée une note de la régie. Aération, tel est l'objet de la note. Les habitants de l'immeuble sont priés de ne pas laisser inutilement les fenêtres ouvertes pendant la période de chauffage, ceci afin de réduire les coûts de chauffage. Dans le dernier paragraphe, le syndic souhaite à tout le monde un joyeux Noël et de belles fêtes. Déjà ?

Dans ma boîte aux lettres je trouve une demande de dons pour les enfants défavorisés et un journal gratuit. Sur la première page, le titre en grosses lettres : Attention au changement d'heure : l'heure d'été prend fin.

J'ai reculé toutes les horloges, ma montre, le réveil, l'heure du téléphone fixe, celle du four ; maintenant je me sens mieux. Il est midi, il faudrait que je mange quelque chose mais je n'ai pas faim.

Mon portable sonne. Judith. Elle s'est séparée de son mari, voyez-vous ça, et elle me demande si elle peut passer quelques jours chez moi.

J'imagine la scène suivante. Judith a été à la messe, non pas comme pasteure mais comme auditrice, je ne sais pas si on dit comme ça. Comme membre de la communauté paroissiale. Ensuite elle est vite allée au cimetière, même si la Toussaint n'est que demain. La tombe de Richard est encore toute fraîche, il n'y a pas encore de pierre tombale, il y a peut-être une couronne fanée, mais probablement pas, les jardiniers ont fait du ménage pour le mois des morts qui commence demain, ils ont disposé de nouvelles plantes pour l'hiver. De la bruyère et des chrysanthèmes.

Pendant le déjeuner, Judith ne lâche presque pas un mot. Il y a de la soupe et du pain comme tous les dimanches midi quand elle n'a pas le temps de cuisiner. Puis les filles se sont éclipsées dans leur chambre et le mari de Judith a fait deux tasses de café avec la machine et en a donné une à Judith. Judith est debout près de la fenêtre, silhouette sombre se détachant sur le jardin épuisé par l'automne. Si c'était un film, je ferais une ellipse ici, la conversation est trop douloureuse, personne n'a envie d'entendre ça, c'est du domaine privé.

Le mari de Judith n'a pas compris, Judith ne comprend sans doute pas non plus. L'histoire avec Richard, ils auraient pu en parler, travailler là-dessus, peut-être que, de son côté, son mari a eu un jour une aventure avec une collègue ou la mère d'une élève. Ça aurait laissé des cicatrices, mais quelle relation n'a pas de cicatrices ? Le mari de Judith a essayé de parler avec elle, de la faire changer d'avis, puis il a abandonné et est sorti dans le jardin. Il ratisse les feuilles sur la pelouse, il a besoin de faire quelque chose. Une belle image : le jardin dénudé dans le brouillard, le vert mouillé de l'herbe, le brun et le jaune des feuilles, la décomposition, cet homme désemparé avec son grand râteau. Musique de piano, Satie ou un autre, quelque chose de calme et de réfléchi. Qui est seul maintenant le restera longtemps.

Judith a-t-elle parlé avec ses enfants ? Certainement. Elle est montée à l'étage, là où se trouvent leurs chambres. Ça ressemble à quoi ici ? dit-elle en entrant dans la chambre d'Ann. Tu ne pourrais pas ranger un peu ? Elle appelle Ella. Tu peux venir un instant ?

Les filles non plus ne comprennent pas, mais elles ne demandent pas pourquoi cette séparation. Elles imaginent peut-être qu'il y a un autre homme et elles ne veulent pas savoir. Que penseraient-elles si elles savaient que l'histoire avec cet homme remonte à très longtemps, et qu'il est mort ? Ella pleure, Ann la prend dans ses bras. On dirait deux teckels tout mouillés. Et maintenant ? Je vais partir quelques jours. J'ai besoin d'un peu de distance, d'un peu de temps. N'ayez pas peur, je ne serai pas longtemps absente, d'accord ?

Mais aller où ? Est-ce que Judith va aller à l'hôtel ? Occuper la chambre de la paroisse ? C'est là qu'elle m'appelle, il n'y a plus de secret à garder, elle n'a pas besoin de se cacher. Mais la mécanique de la séparation a quelque chose de gênant. Pourquoi moi ? Elle n'a donc pas d'amies dans son village ? Pas de personnes de confiance qui pourraient la soutenir, l'accueillir ? Mais c'est la pasteure, ce serait un petit scandale. C'est un petit scandale. Ou même un grand.

Oui bien sûr, viens, je suis chez moi.

Je ne pose pas de questions. Elle m'enverra un WhatsApp quand elle saura l'heure de son train. Peut-être que j'irai la chercher à la gare.

Je l'imagine faire ses bagages, avec le strict nécessaire. Elle prend ses jolis dessous. Est-ce qu'elle a peur que son mari puisse les découvrir ? Ou bien est-ce qu'elle fait ça parce que c'est presque la seule chose qui lui reste de Richard ? Elle prend aussi le livre sur la mystique juive.

Judith n'est pas concentrée, elle oublie le dentifrice, elle aurait presque oublié ses lunettes de lecture. Elle dit au revoir à ses filles, c'est peut-être le plus dur. Les deux sont toujours dans la même chambre, elles ont visiblement discuté entre elles et regardent leur mère avec des yeux apeurés, comme si elles espéraient qu'elle ait changé d'avis. Judith les prend dans ses bras, l'une après l'autre, sans rien dire, son geste a quelque chose d'officiel, comme pour une visite d'État ou l'inauguration d'un aéroport. Judith donne quelques directives aux filles, il y a des restes dans le frigo qu'elles peuvent réchauffer pour le dîner. Faites bien attention à papa. Quand elle descend l'escalier, elle a l'impression que ses jambes sont en plomb.

Elle va dans le jardin et échange quelques mots avec son mari. On les voit tous les deux par la fenêtre du salon, on n'entend pas ce qu'ils se disent, leurs visages sont tristes, fatigués, une fois Judith esquisse un sourire, puis son mari aussi. Coupe.

Dans le train, elle ne sait pas comment elle doit se sentir. Elle est triste mais soulagée aussi, incroyablement soulagée, heureuse, incertaine, troublée. Peu après Frauenfeld, le soleil perce à travers les nuages. Je suis déjà en route pour la gare. Dans la vitrine d'une agence de voyage, une beauté en bikini m'adresse un sourire : Autant de soleil que de sable sur la plage. Un slogan vraiment débile.

La dernière fois au bord de la mer. Wechsler m'aurait invitée à Trouville. Il est déjà sur place. Pourquoi a-t-il pris un train plus tôt ? Il vient me chercher à la gare, il est marqué par la maladie, mais il insiste pour qu'on regagne l'hôtel à pied. On se promène le long du môle. Il n'y a presque pas d'eau dans la rivière, c'est la marée basse, les bateaux de pêcheurs sont inclinés dans la vase.

Un petit hôtel en bordure de la plage, il est sûrement déjà venu ici avec Judith mais il n'en dit mot, un vrai gentleman. Il va de soi qu'on partage la même chambre. Deux lits ou un lit double ? demande la femme à la réception. Un lit double, dit Wechsler sans hésitation, sans me poser la question, mais j'aurais dit la même chose. Nous n'avons pas de temps à perdre.

Nous n'avons marché qu'un quart d'heure mais Wechsler est déjà épuisé. Il veut s'allonger un peu, ensuite il me montrera l'endroit. Il est allongé en sous-vêtements et en chaussettes sur le lit. Je me déshabille et m'allonge à côté de lui. C'est beau avec lui, lent, paisible et pourtant intense. Ça m'excite qu'il me vouvoie encore, cela confère à ce que nous faisons une étrange dignité et gravité. Il ne cesse de me regarder pendant tout ce temps et je vois de nouveau le bleu en lui, ce vif-argent impossible à saisir. Il a un visage très sérieux et concentré, comme si ce que nous faisons était la chose la plus importante et la plus difficile au monde.

J'ai de nouveau l'impression qu'il me prend ma substance, mais cette fois ça ne me dérange pas. Je lui donnerais même une part de ma vitalité si je le pouvais. Peut-être que je le peux, que c'est exactement ce que je suis en train de faire. Et que fait-il, lui ? Il me prend quelque chose et me donne quelque chose. Ce que c'est et ce que j'en fais, c'est mon affaire.

Dernière fois au bord de la mer. Nous longeons la promenade du bord de la plage, un chemin en planches qui est d'abord parallèle à la route et qui, une fois que la route s'éloigne et oblique à l'intérieur des terres, se poursuit dans le sable entre la mer et le premier alignement de maisons. Les maisons et les hôtels sont un peu en hauteur, sur une élévation, un mur. À certains endroits le sable a complètement recouvert les planches de la promenade. Il n'y a pas beaucoup de monde, la saison est passée ou n'a pas encore commencé. Nous nous asseyons sur un banc et regardons la mer sans rien dire.

Chez soi, est-ce là d'où on vient ou bien là où on veut aller ? finit par demander Wechsler. C'est le genre de question qui se suffit à elle-même et n'appelle pas de réponse. Nous semblons être plus proches dans le silence que quand nous parlons.

Le soir, nous mangeons des fruits de mer à la terrasse d'un bistrot. Je mange pour la première fois des huîtres, Wechsler sans doute pour la dernière fois. Je le regarde et l'imite, comme un perroquet. Il donne l'impression d'être heureux.

Maintenant, chaque fois que je mangerai des huîtres, je penserai à vous, dis-je, à cette soirée avec vous. Et aussitôt je m'en veux d'avoir dit ça. Il n'est pas encore mort.

Le lendemain il fait doux pour la saison et nous prenons le petit-déjeuner sur la terrasse. Wechsler a étonnamment beaucoup d'appétit. Il me demande si j'ai envie d'aller me baigner. Il a eu une nuit agitée et ça m'a réveillée plusieurs fois. Son tricot de corps était trempé de sueur. Il s'est levé très tôt et s'est assis près de la fenêtre. J'ai fait comme si je dormais encore et je me suis vraiment rendormie avant de me lever tard. Nous avons failli rater l'heure du petit-déjeuner.

Marée basse. Nous devons marcher longtemps avant d'atteindre l'eau. Elle est très froide et le fait qu'il n'y ait presque pas de pente complique encore les choses. Wechsler m'a pris par la main et nous marchons ensemble jusqu'à ce que l'eau nous arrive à la taille. Puis on se lance en avant. Le froid me coupe la respiration.

Nous sommes allongés sur nos serviettes de bain. Des nuages sont apparus et il y a une légère brise. J'ai froid, je m'aplatis autant que je peux sur le sol. Je garderai ce froid toute la journée, bien que j'aie enfilé ensuite un gros pull-over.

Je suis debout près de la fenêtre, nue, à l'exception de mon pull-over. Wechsler arrive par-derrière et me serre dans ses bras. On reste ainsi longtemps à regarder la mer qui est maintenant toute proche.

Je pars un jour plus tôt que prévu. Wechsler aurait bien aimé que je reste mais ce n'est pas possible.

Vous regrettez d'être venue ?

Non, pas une seule seconde. Mais maintenant cela suffit.

Voilà comment aurait pu être cette dernière fois au bord de la mer.

Sur le chemin de la gare, je me mets en rogne. Qu'ai-je à voir avec Judith et Richard ? Pourquoi ne me laissent-ils pas tranquille, ni dans ma tête ni dans la réalité ? Je ne peux m'empêcher de penser à cette première vidéo que nous avons faite de Wechsler au musée. Quand il parlait de Vallotton : L'artiste est l'amant qui touche le modèle ou le paysage et est touché par eux. Il célèbre leur beauté, l'image est une sorte d'acte d'amour.

Ai-je touché Richard ? M'a-t-il touchée ? Qui de nous deux est l'artiste, le modèle ? Ne s'agit-il en fait ni de Vallotton ni de lui, mais de moi ? Ne s'agissait-il dès le début que de moi ? Mais pourquoi ? Pourquoi moi précisément ? Et est-ce que cette idée me plaît ou m'inquiète au contraire, me fait peur ? Je suis le testament de Richard, un personnage qu'il n'a pas écrit jusqu'au bout et qui erre maintenant dans les limbes des personnages de romans inaboutis et ne sait pas où est sa place.

Je sors mon portable de ma poche et me filme dans le tram, je regarde ce visage inconnu sur le misérable petit écran. Derrière moi est assis un homme qui fait une grimace avant de changer de place.

Judith n'a pas de sac de voyage mais une valise à roulettes, la même qu'elle avait déjà pour aller à Paris. Nous nous embrassons rapidement comme deux vieilles amies et nous dirigeons en silence vers l'arrêt du tram.

L'évidence avec laquelle elle s'incruste chez moi. J'ai fait de la place dans l'armoire, je lui montre la salle de bain, la douche, la cuisine, où elle peut trouver le café et le thé, elle ne prend pas de sucre, je n'ai pas de lait. Elle dormira sur le canapé, un de ces convertibles qui de mauvais canapés se transforment en mauvais lits. C'est certainement plus confortable chez elle. Maintenant tu vois comment les autres vivent, précarité créative. Mais bon, je ne vais pas m'apitoyer sur mon sort, je pourrais me payer un appartement plus grand maintenant que j'ai un travail. Mais cette vie monacale me plaît. Peut-on vivre aussi comme une nonne ou seulement comme un moine ?

Et maintenant ? On va se promener.

Tout près de là où j'habite se trouve un immense cimetière, mais comme il y a de plus en plus de gens qui optent pour la crémation, ça ressemble plutôt à un parc avec de vieux arbres, des prairies naturelles, des bancs. Les cimetières apparaissent souvent aussi chez Wechsler, on se retrouve dans un cadre sans surprise, le monde de Wechsler.

Il fait froid pour la première fois cet automne, ça sent l'hiver. Mais le soleil brille ; les couleurs d'automne, les odeurs, le froid sur la peau, c'est un délice. Non, le délice fait partie du printemps. C'est une splendeur. Les jardiniers rassemblent les feuilles avec un souffleur, ils ont déjà fait deux grands tas près de l'entrée. Ce serait peut-être un travail pour moi, après tout.

Ici aussi il y a des secteurs, comme au bureau, et les tombes ont des numéros. Même les morts n'échappent pas à la manie de l'ordre de ce pays. Quelqu'un a mis une clôture anti-limaces autour d'une tombe.

Nous avançons dans une allée inquiétante bordée de thuyas gigantesques qui nous écrasent presque sur le chemin gravillonné. Judith ne dit rien, elle a le visage grave. Je devrais avoir pitié d'elle, je vois qu'elle souffre, mais je suis incapable de partager sa peine. Pour moi c'est un dimanche après-midi comme tous les autres, et même un peu plus beau que les autres parce que j'ai de la compagnie et que j'aime bien Judith. Je la filme avec mon portable, elle esquisse un sourire entre les thuyas, l'air un peu résigné. Regrette-t-elle déjà d'avoir quitté son mari, sa famille ?

Le crématorium ressemble à un temple mais fait malgré tout païen, je ne sais pas d'où me vient cette impression. Il a quelque chose d'inanimé, de surdimensionné, il fait sûrement plus froid à l'intérieur que dehors, mais les portes sont fermées. Il y a une inscription au-dessus de l'entrée, nous avons du mal à la déchiffrer : Que la flamme dissolve ce qui est éphémère, libère la part immortelle. Ça ne fait pas vraiment chrétien. C'est quoi cette religion avec la flamme éternelle ? Ce sont des zoroastriens ? Même Judith ne sait pas. Google. Non, pas Google.

Près de l'entrée des gens habillés de noir se sont rassemblés, les hommes fument, quelques enfants courent dans tous les sens en criant, jusqu'à ce qu'une jeune femme les rappelle à l'ordre dans une langue étrangère. Quelqu'un a dû mourir, nous n'avons rien à faire ici.

On continue à marcher entre les tombes, on lit les noms des défunts, on regarde les pierres tombales. Là repose un couple, morts tous les deux la même année, sans doute le père et le fils dans la même fosse. Et la mère ? L'agencement des tombes ne révèle guère plus de goût que ce que l'on trouve dans la plupart des appartements, beaucoup de kitsch, beaucoup de conventions. Et sur presque toutes les tombes de la bruyère en fleur, ça ne coûte pas cher, c'est facile d'entretien et ça dure longtemps.

À proximité de la sortie nous trouvons les tombes de Gottfried Keller, je n'ai pas lu grand-chose de lui, et de Johanna Spyri, je ne connais que le vieux film de Heidi avec, comment il s'appelait déjà, avec son gros nez bulbeux ? Le film était encore en noir et blanc. Là aussi de la bruyère.

Je me sens un peu comme Heidi dans la grande ville, dit Judith, à la fois excitée et triste. Elle me prend le bras.

Et moi je suis M. Sesemann ? Ou Mlle Rottenmeier ?

Merci de m'avoir accueillie, dit Judith.

Elle ne veut pas parler de sa famille, elle préfère parler de Richard. Combien de temps a duré cette liaison ? Le mot liaison ne lui plaît pas. Relation amoureuse, ça passe, c'est d'ailleurs comme ça qu'elle en a parlé une fois quand on était sur la montagne. Ou simplement amour. Combien de temps a duré cet amour ? Presque vingt ans. Plus longtemps encore pour lui.

Ça a commencé dans un cimetière, c'était l'enterrement d'un de nos camarades de classe. Je ne sais pas pourquoi nous y sommes allés, on n'était pas très proches de lui ni l'un ni l'autre. Mais Richard avait de toute façon rendu visite à ses parents et j'avais envie de revoir d'anciens amis. Je venais d'avoir un nouveau travail au bord du lac de Constance et je me sentais encore un peu perdue. Peut-être d'ailleurs que je voulais simplement revoir Richard.

Et ce fameux voyage à Paris avec le boucher et l'autre ami ? Quand vous avez partagé la même chambre avec Richard ?

Judith me regarde, son visage ne trahit rien. Qui t'a raconté ça ?

L'histoire est racontée dans un des livres de Richard.

Il ne s'est rien passé, dit Judith, pour couper court.

Dois-je la croire ? Mais quelle raison aurait-elle de me mentir ? Était-elle peut-être avec l'un des autres garçons dans une chambre et elle a… ? Peut-être même avec le boucher et Richard l'a surprise ? Quoi qu'il en soit elle semble un peu ébranlée. Elle se ressaisit, reprend.

Donc, l'enterrement de ce camarade d'école. Pour être honnête, j'en pinçais un peu pour lui. Puis il a commencé à prendre des drogues. Il est parti en Inde, est revenu, mais il était un peu perdu. Et ensuite il est mort d'une maladie rare, on a entendu toutes sortes d'histoires à ce sujet. Mais ce n'est pas l'essentiel.

Il n'y avait pas beaucoup de monde que je connaissais. Richard et moi on s'est vite retrouvés et on s'est assis l'un à côté de l'autre dans la chapelle. Il y avait déjà quelque chose qui se préparait. Après l'enterrement il y a eu une petite réception, du vin, mais pas grand-chose à manger. Richard et moi on se tenait dans un coin et on parlait du temps passé, puis il a demandé si je ne voulais pas qu'on aille faire une promenade. Il faut que je sorte d'ici.

On était un peu pompette, je crois. Nous sommes allés au bord de la rivière, c'était le printemps. Richard avait déjà pas mal de succès et je mentirais si je disais que ça ne m'impressionnait pas. Et il m'a écouté. Je crois que j'ai parlé tout le temps et il n'a presque rien dit.

Nous sommes passés devant notre ancien lycée, nous avons ensuite longé le canal, il y a un haras où j'avais fait de l'équitation quand j'étais plus jeune. On a regardé les chevaux, ils étaient très confiants et ils se sont approchés de la barrière. Richard a caressé la tête d'un cheval, son garrot, et j'avais l'impression qu'il caressait ma tête, ma nuque.

Il y a ensuite une petite forêt qui s'étend le long de la rivière. C'est midi, il n'y a personne d'autre que nous. Nous nous enfonçons dans la forêt, elle n'est pas encore très épaisse, le soleil projette des taches de lumière sur le sol. Le chemin s'enfonce droit dans la forêt, mais Richard s'en écarte sans raison apparente et se fraye un passage dans les sous-bois qui bientôt s'éclaircit. Je le suis. Je crois que nous savons tous les deux pourquoi nous avons quitté le chemin et trébuchons sur le sol inégal de la forêt. À un moment donné, Richard s'arrête, ce n'est pas vraiment une clairière, simplement un endroit où les arbres sont moins resserrés, le soleil est très fort, comme si un projecteur était braqué sur nous. Richard s'est déjà retourné et il me regarde approcher sans dire un mot. Je vais vers lui, je devrais m'arrêter mais je m'approche tout près, jusqu'à ce qu'il ne puisse faire autrement que de me prendre dans ses bras et de me tenir serrée contre lui. Puis nous nous sommes aimés dans la forêt. J'ai essayé de ne penser à rien.

Au retour, dans le train, je me suis complètement déshabillée dans les toilettes pour enlever les brindilles et les feuilles mortes restées collées sur ma peau. Quelqu'un a frappé plusieurs fois à la porte, et quand j'ai eu enfin fini et que je suis sortie, il y avait là un vieux bonhomme d'assez mauvaise humeur en train de pester. Moi, je trouvais ça incroyablement drôle. C'est bizarre que je me souvienne encore si bien de ce vieil homme en train de pester, mais que je ne garde que de vagues souvenirs de Richard et moi en train de faire l'amour dans la forêt.

Et peu après ta première fille est née.

Judith ne dit rien. Est-ce que la fille de Judith est l'enfant de Richard ? Pourquoi ça me travaille ? Ai-je aussi l'impression d'être une enfant illégitime. Est-ce que Richard est mon vrai père ? Tous les enfants illégitimes ont le même père.

Pendant les années qui ont suivi, on ne s'est presque pas écrit, juste de temps en temps, dit Judith. Richard m'a avoué son amour et je l'ai rejeté plus ou moins aimablement, lui expliquant pourquoi je ne pouvais plus lui écrire, mais j'ai quand même continué à correspondre avec lui. Il m'envoyait ses livres avec des dédicaces explicites que je découpais et cachais dans un tiroir. Et puis nous nous sommes revus, il était dans la région pour une lecture, j'y suis allée et quand j'ai voulu ensuite m'éclipser, il ne m'a pas laissée partir, j'ai bu un verre avec lui et les organisateurs, puis je l'ai conduit jusqu'à la gare, alors qu'il aurait tout aussi bien pu y aller à pied. Sur le parking de la gare nous nous sommes embrassés si longtemps qu'il a failli rater son train. C'était, même si ça peut paraître étrange, beaucoup plus intime que lorsque nous avions fait l'amour dans la forêt. Et c'en était fait de moi.

On dirait une phrase tirée d'une livre pour adolescentes. C'en était fait de moi. Mais c'est quand même beau. Pourquoi ne devrait-elle pas le dire si elle le ressent comme ça ? Pour moi, ce ne fut jamais le cas, je crois.

Ce n'était que le début, dit Judith. Les commencements sont beaux mais moins importants que ce que l'on imagine. L'important vient après, le travail. Mais ça, elle ne me le raconte pas.

Maintenant j'ai envie de raconter quelque chose. À l'école primaire nous avions un aquarium dans la salle de classe avec des guppys, des petits poissons de toutes les couleurs. Chacun à notre tour, nous devions nourrir les poissons, il y avait un tableau qui disait à qui c'était le tour. La nourriture ressemblait à des petits flocons de couleurs différentes dans une petite boîte en plastique, je me souviens encore de cette odeur un peu épicée. Le lendemain où ça avait été mon tour, l'un des poissons était mort dans l'aquarium, le ventre en l'air. Le maître avait dit que c'était normal, les guppys ne vivaient pas longtemps en aquarium et je n'avais sûrement rien fait de travers. J'avais malgré tout mauvaise conscience. Non seulement parce que le poisson était mort mais parce que ça m'était complètement égal. Ce fut ma première rencontre avec la mort.

Est-ce que ça a un quelconque rapport avec quelque chose ? Sans doute pas. Mais ça vient de me revenir, peut-être parce que nous sommes dans un cimetière. J'ai ressenti du dégoût face à ce poisson mort. Les autres l'ont enterré derrière l'école.

Judith veut démissionner et chercher un nouvel emploi.

Tu te rappelles quand je t'ai dit à Paris que j'avais perdu la foi ? Elle n'est pas revenue, et en fait c'est plutôt une libération. Je vis maintenant dans un monde plus froid, mais l'air est plus limpide, je me sens beaucoup plus adulte. Dire qu'il m'a fallu attendre près de soixante ans ! Bien sûr que je pourrais continuer à être pasteure, mais j'aurais l'impression d'être un escroc. Et je n'ai pas envie.

Elle va chercher quelque chose dans le social, elle a déjà beaucoup travaillé avec des jeunes et des seniors dans sa paroisse, elle en est capable et ça lui plaît.

Elle ira dans une ville, prendra un petit appartement, achètera quelques meubles et une bicyclette. Ann et Ella resteront d'abord chez leur père, de toute façon elles seront bientôt indépendantes.

Tu cherches des aventures ?

Je n'exclus rien, dit-elle en riant, j'ai couché avec seulement quatre hommes en tout et pour tout, j'ai encore de la marge. Ou bien je tourne la page. Comment on dit déjà : Je suis ouverte à la nouveauté. Mais je ne vais pas me mettre à chercher désespérément. J'irai au théâtre, au concert, j'irai à des lectures, je m'inscrirai peut-être dans un cercle de lecture. Et si jamais on doit parler d'un livre de Richard, je me contenterai d'écouter ce que disent les autres et je me dirai : Vous ne savez pas de quoi vous parlez.

Pourquoi je suis jalouse de cette vie qu'elle me présente avec tant d'enthousiasme ? La mienne est quasiment pareille, sauf que jamais je ne m'inscrirai à un club de lecture. Peut-être que je suis jalouse de son enthousiasme, de sa joie d'avoir recouvré sa liberté. Elle n'a encore jamais habité seule, en partant de chez elle a emménagé dans une colocation et ensuite elle a vécu pendant plus de trente ans avec son mari. Maintenant elle est libre, mais la liberté peut devenir épuisante au bout d'un moment.

Et quand elle sera à la retraite dans quelques années ? Elle sera seule. Ça ne lui fait pas peur ?

Si. Bien sûr.

Une sorte d'idylle : nous sommes toutes les deux à la maison, Judith est assise sur le canapé, jambes repliées, et lit un livre. Elle porte une jupe courte, d'épais collants en laine et des chaussons. Si je plisse un peu les yeux, je peux imaginer que nous sommes deux étudiantes et que nous habitons ensemble en colocation. Nous sommes les meilleures amies du monde, nous nous racontons tout, on se fait des câlins et on discute à voix basse.

Je suis assise au bureau et je réponds à des mails, tout en regardant de temps en temps des vidéos avec le casque pour ne pas déranger Judith. Il y a du brouillard dehors et la nuit tombe. J'ai allumé des bougies, il ne manque plus qu'une douce musique de jazz et la scène serait parfaite. Ça a quand même du bon de ne pas vivre seule. Comment ça serait si Judith restait tout simplement ici ? Elle a presque vingt ans de plus que moi, mais qu'importe. Je crois que nous nous supporterions. J'imagine que nous sommes un couple, rien de sexuel, juste pour être ensemble. Je lui brosserais les cheveux, elle me masserait le dos, me prendrait dans ses bras, m'écouterait quand j'aurais des problèmes au bureau. On se regarderait dans les yeux, on s'aimerait bien, de façon toute simple.

YouTube m'épargne maintenant ses histoires de *serial killers*, peut-être que je les connais toutes ; désormais il me propose des vidéos de chefs de sectes polygames, ce n'est pas vraiment non plus ma tasse de thé. Un type dans l'Utah avait soixante-dix neuf femmes-sœurs et il se retrouve en prison parce qu'il s'en prenait aussi à des ados. Un autre a cinq femmes et dit que ça lui suffit. Quand j'en ai fini avec les polygames, il semble y en avoir moins que des tueurs en série, arrivent les Jésus, d'abord un originaire de Sibérie, puis un venu du Brésil et enfin un autre d'Australie avec de super lunettes de soleil et un T-shirt bariolé. Le Jésus de Petropavlovsk avait au moins un grand vêtement blanc, alors que l'Australien parcourt l'Australie dans son minivan avec une Marie-Madeleine à l'air blasé assise sur la place arrière tout en élucubrant sur treize dimensions et les preuves mathématiques de son existence. Est-ce qu'il croit aux dinosaures ? Bien sûr, il en a vu. Faut-il tourner un film sur tous les cinglés de la Terre, sur toutes les sectes aberrantes ? Toutes ces conneries, tout ce temps gaspillé, pourquoi je ne lis pas de nouveau un livre, comme Judith ?

Ou alors on fonde toutes les deux une secte, Wechsler serait notre messie, nous interpréterions ses livres en y cherchant des messages spirituels, on diffuserait sa doctrine, on construirait une église pour lui, il y aurait un autel avec son portrait, des fleurs et des bâtonnets d'encens. C'est lui qui a dit qu'il faut faire des sacrifices. Mais je n'irais pas jusqu'à égorger une poule pour lui.

Judith m'a demandé ce matin ce que j'aurais envie de manger ce soir, quel est mon plat préféré. Je n'ai pas su quoi répondre. N'y a-t-il pas que les enfants qui ont des plats préférés ? Rien ne m'est venu à l'idée, je ne sais pas quand quelqu'un m'a demandé pour la dernière fois quel était mon plat préféré, et encore moins quand quelqu'un m'a préparé à manger ? C'est triste ?

Un sandwich à l'escalope panée ? Du poulet rôti ? Des spaghettis à la sauce tomate ? Ou quelque chose de plus raffiné ? Osso bucco ? Bœuf bouilli aux légumes ? Aucune idée. Je mange de tout sauf de la langue. Je me suis sentie presque honteuse devant Judith. Ses filles ont sûrement des plats préférés, des crêpes au Nutella ou des brioches cuites à la vapeur ou des frites, bref tout ce que les enfants aiment. Mais ce ne sont plus des enfants. Donc plutôt des sushis ou un poke bowl ou ce qui est à la mode en ce moment. Quand je suis rentrée le soir, il y avait un sac de courses rempli de bonnes choses.

Mon disque dur est plein, je fais un peu le ménage, efface des films que j'ai téléchargés et que je ne regarderai jamais, vide la corbeille. J'ai encore toutes les données proxy du film de Wechsler sur le disque dur externe, je peux les effacer maintenant. Le matériau brut est en sécurité chez la productrice et peut-être même que Tom a encore une copie. De toute façon le film ne verra jamais le jour.

Je jette un coup d'œil sur les prises de vue, Wechsler marche dans Paris, parle, boit un café. Il me sourit. Si tu savais le peu de temps qui te reste. Puis j'efface chaque fichier les uns après les autres, avec autant de difficulté que nous avons eue à les enregistrer. J'aime bien ce travail répétitif, ce petit dialogue avec l'ordinateur, au moment de vider la corbeille : Voulez-vous supprimer ces onze éléments de façon définitive ? Je réfléchis un court instant puis je dis oui, je confirme. Hop ! Parti !

Judith a posé son livre et me dit qu'elle va faire le repas. Elle traficote dans la cuisine. Elle a mis la radio et écoute les informations. On ferait la cuisine ensemble, on s'aiderait, parfois on se ferait une petite caresse sur le bras, on se verserait un verre de vin, on poserait sa main sur la taille de l'autre en regardant dans les casseroles. Je crois que ça manque encore un peu de sel.

Demande-moi s'il y a quelque chose que tu ne trouves pas. Je ne sais pas si elle m'a entendue.

Les gigabits disparaissent dans la corbeille les uns après les autres. Oui, oui, oui, je confirme. Je m'arrête sur un clip, c'est Tom qui a dû faire la prise, quand je n'étais pas là. C'est le dernier jour de tournage à Paris, en fin d'après-midi, quelques heures après le fiasco au café, quand Wechsler est parti. J'essaie de me rappeler ce qui est arrivé ensuite. Nous avions un peu parlé avec lui, Tom s'était excusé, Wechsler s'était calmé, il avait dit qu'il était épuisé, que cette histoire de film était plus fatigante qu'il ne l'avait imaginé. Mais je voyais bien que ce n'était qu'un alibi. Nous nous étions séparés et étions retournés à notre hôtel pour poser notre matériel et nous rafraîchir. Puis j'étais sortie pour faire un peu de shopping, puisque j'étais à Paris. Tom avait dit qu'il allait sortir aussi. Nous nous étions donné rendez-vous pour le dîner dans un restaurant où nous avions déjà mangé la veille.

J'étais retournée au café *Les Mouettes* où Tom s'était disputé avec Wechsler. Il y avait dans le quartier un magasin qui, aux dires de Wechsler, avait le meilleur rayon d'alimentation de tout Paris. Que pourrais-je bien acheter sinon des produits d'épicerie fine ? Je n'utilise guère de cosmétique, et des vêtements j'en ai suffisamment. De la lingerie ? Tu parles ! Allez, va pour des bonnes choses.

Mais au lieu de me rendre dans ce grand magasin, sans bien savoir pourquoi, j'étais entrée dans l'étroit passage que Wechsler nous avait indiqué et qui donnait sur une petite cour où un escalier conduisait à la chapelle de l'Épiphanie des Missions étrangères. À l'intérieur, une musique acoustique du genre Jean-Michel Jarre ou Vangelis. Pendant un moment j'avais écouté intensivement cette musique, surtout *Antarctica* de Vangelis, une musique aussi désolée que le paysage du pôle Sud. Deux hommes étaient en train de monter une sonorisation, des haut-parleurs et des micros, un clavier, peut-être qu'il y allait avoir un spectacle ce soir ou demain, un office avec de la musique en live ou une autre fête de la mission. Je m'étais assise sur un banc et j'avais regardé pendant un moment les hommes en train de fixer des câbles.

Sur les murs étaient accrochées des images représentant les différentes stations du chemin de croix. Jésus ressemblait à un Indien, sur les premières images, il portait un costume blanc, je n'avais encore jamais vu Jésus en pantalon, ça me paraissait un peu déplacé, sans que je sache vraiment pourquoi. Les soldats romains qui s'en prenaient à lui ressemblaient plutôt à des Incas ou des Aztèques ou des Mayas, j'ai toujours eu du mal à faire la différence.

De temps en temps des gens entraient et me saluaient discrètement, comme s'ils m'avaient attendue ici, comme s'ils étaient là à cause de moi. J'avais pris une brochure à l'entrée, Devenir missionnaire, et je la feuilletais. C'étaient uniquement des récits de ce qu'avaient vécu de jeunes hommes bien proprets, avec des barbes tout aussi proprettes, et qui décrivaient leur parcours. Il y avait aussi deux femmes, une nonne indienne et une stagiaire française. Je ne comprenais que la moitié de ce que je lisais, mais tous avaient été appelés par Dieu et étaient enthousiasmés par leur travail, ils trouvaient réconfort et encouragement dans la prière. Tous avaient l'air très gentils et assez ennuyeux, Joseph, Paul, Gabriel, François, sœur Stella et Marie de Lorgeril. Un tableau : le départ des missionnaires au XIXe siècle, il avait dû avoir lieu dans cette chapelle. Les ecclésiastiques portaient des soutanes noires, ils ressemblaient tous à des femmes, délicats, tolérants, éthérés, en rien préparés aux aventures et aux difficultés qui les attendaient. L'un reçoit l'accolade et le baiser d'un vieil homme barbu, un enfant embrasse l'ourlet du vêtement d'un autre.

Nous sommes debout dans la chapelle, nous les nouveaux missionnaires qui allons partir dans le vaste monde. L'orgue joue un hymne que Charles Gounod a composé spécialement pour cette occasion et l'archevêque, nos professeurs du séminaire, nos amis et nos familles, les membres de la communauté embrassent nos pieds. Nous sommes les messagers de la joie qui partent annoncer la bonne nouvelle !

Puis c'est le grand voyage, des semaines passées en mer, les tempêtes font tanguer le navire, nous prions et nous chantons. Dieu nous te louons, Seigneur nous célébrons ta force. Nous atteignons Madagascar, nous débarquons et sommes accueillis dans un monastère. Les sœurs qui habitent ici affichent un air dur et fatigué. Elles me guident et me montrent ce qu'il y a à faire, je vais mon chemin. Je fais le bien, dispense du réconfort, soigne les blessés, distribue des vivres et des médicaments. Je me libère de tous mes péchés, de la vanité et de l'égoïsme, je fais le vide en moi pour accueillir Dieu et remplir ma mission. Beaucoup de nous ne reviendront pas, ils mourront de maladie, seront tués à cause de leur foi, malheureux martyrs du message de joie.

Je suis avec George Clooney sur un marché malgache, nous distribuons des capsules Nespresso aux nécessiteux, Indriya, Rosabaya, Fortissio Lungo. Les femmes lèvent des mains implorantes, des enfants s'accrochent à nos habits et nous regardent avec de grands yeux. George m'adresse un doux sourire, mais j'ai renoncé à toutes les joies terrestres et je ne succombe pas à la tentation.

George doit continuer pour Timor ou la Nouvelle-Guinée, parfois nous nous écrivons encore des lettres sur nos joies et nos doutes, sur l'accomplissement et les séductions, sur nos heures sombres. Puis il est emporté par une épidémie. Je deviens âgée et ratatinée et je meurs de vieillesse, oubliée de tous, dans un hôpital en pleine brousse à l'ombre des manguiers.

Et quelle était la mission de Wechsler ? Il m'avait parlé une fois d'un projet de roman, l'histoire d'une jeune femme devenue sainte contre son gré, elle a des visions et ne sait pas si c'est Dieu ou le diable qui lui parle ou si elle est tout simplement folle, mais qu'à cela ne tienne, elle est l'élue.

Et pourquoi vous n'avez pas fini d'écrire le livre ?

Il rit en écartant les mains. Quand on écrit, il ne s'agit pas de faire quelque chose mais de trouver quelque chose. J'ai cru qu'il y avait quelque chose de caché dans cette histoire, mais je ne l'ai pas trouvé.

Sa mission peut-être ? Était-ce ce qu'il a cherché et n'a pas trouvé ? Faire le vide en soi et remplir ensuite ce vide avec des mots ?

Ce qui compte, c'est la présence, m'a-t-il dit une fois, être complètement là dans le moment, à cet endroit. On ne peut pas vraiment l'expliquer, mais quand ça arrive, on le sait, on est alors sûr de son fait comme jamais auparavant. Pourtant ce n'est rien d'extraordinaire, ça peut arriver n'importe quand. Tout le monde connaît ça : quand tout est facile. On peut alors étonner tout Paris avec une pomme, pas besoin de plus. Pas même de plus de mots.

L'un des hommes qui a fait l'installation s'est assis au clavier, il pianote d'abord un petit peu avant de plaquer quelques accords, on dirait la musique d'un film de science-fiction. Il y a bien longtemps dans une galaxie lointaine, très lointaine.

Je suis presque sortie en courant de la chapelle et suis quand même allée dans le grand magasin pour reprendre mes esprits, j'ai acheté quelques bonnes choses, du foie gras et des sardines de Bretagne dans de jolies boîtes, et du café colombien et un peu plus tard, juste à côté, un parfum, *L'Heure bleue* de Guerlain, simplement parce que le nom me plaisait. Puis je suis retournée à l'hôtel et j'ai fait ma valise. Demain, de bon matin, nous rentrerons.

La prise de vue a eu lieu dans notre chambre d'hôtel, choix étrange, ça ne va pas avec le film. Mais ça ne ressemble pas à quelque chose fait faute de mieux, les coupes entre les images semblent soignées. Plan moyen.

Wechsler est assis dans un fauteuil, il tient dans sa main un stylo qui brille d'un éclat doré comme une baguette magique, devant lui, sur une petite table basse, un verre d'eau. Pas de lumière artificielle, juste la lumière du couchant qui passe en oblique par la fenêtre en projetant des ombres sombres, et sur la petite table une tache claire retenue par le verre. Au fond, on voit le lit défait avec dessus ma valise rouge, ouverte, à moitié faite, quelques vêtements débordent. Il y a des livres sur le lit, des papiers. Image très composée, comme un tableau, ça pourrait être du Kubrick. La caméra doit être posée sur un trépied, elle ne bouge pas d'un millimètre pendant toute la prise de vue. Wechsler n'a pas de micro, il y a juste le son de la caméra. Aucune trace de Tom, ni image ni voix. On dirait que c'est Wechsler lui-même qui a installé la caméra. Mais qui l'a mise en marche ?

Wechsler est assis, il donne l'impression d'être très concentré, il fixe le sol devant lui, sur la bande-son on entend la légère rumeur de la circulation dehors qui enfle et diminue par intervalle, à un moment donné on entend aussi le clic du stylo à bille avec lequel joue Wechsler, une profonde inspiration, un soupir, un léger bruit, peut-être une chasse d'eau ou la douche dans la chambre voisine. Au bout d'un moment, Wechsler regarde la caméra comme si quelqu'un lui avait donné un signal, il sourit brièvement, se gratte l'oreille, semble vouloir dire quelque chose, mais il prend juste le verre d'eau, boit une gorgée et repose le verre exactement à l'endroit où il était. Il glisse un peu en avant sur le fauteuil, se racle la gorge, regarde de nouveau la caméra. L'expression de son visage change à peine, mais je remarque malgré tout des humeurs différentes qui ne cessent de changer. Parfois il a l'air décontenancé, presque désemparé, puis provoquant, brièvement las, puis de nouveau très attentif, vigilant, affectueux. Il a le regard mélancolique, dois-je lui enlever ça ? Mais il y a aussi l'esquisse d'un sourire. Et pendant tout ce temps j'ai nettement l'impression qu'il y a encore quelqu'un d'autre dans la pièce, qu'il est en relation avec quelqu'un. Il semble se recueillir, il se penche en avant, ouvre la bouche comme s'il allait enfin dire quelque chose, mais il prend juste une profonde respiration, referme la bouche et boit encore une gorgée d'eau. Maintenant il a l'air nerveux, un peu agité, il appuie plusieurs fois sur le bouton du stylo en faisant rapidement sortir et rentrer la pointe. Il secoue imperceptiblement la tête, fixe brièvement le sol encore une fois, puis la caméra, mais on dirait qu'il me regarde.

Si tu sautes, je saute aussi.

À la vie, à la mort.

On se revoit de l'autre côté.

Le clip dure quinze minutes et trente-deux secondes et je n'en ai vu que trois minutes et demie.

J'entends un bruit de casserole qui me ramène à la réalité. J'enlève mon casque. La radio est allumée dans la cuisine, *Azzurro* d'Adriano Celentano. Judith chantonne en même temps.

Wechsler est toujours assis au même endroit et soudain toutes ces simagrées m'énervent, cette mise en scène. Je dois vraiment me farcir ça ? Pendant quinze minutes et trente-deux secondes. Il doit me faire pitié ? Il veut tirer sa révérence ? S'insinuer entre Judith et moi ? Il prend autant de place dans ma vie que je lui en donne. Ça fait un peu manuel de développement personnel, mais quoi, c'est vrai. *Ciao baby*, désolée. Je ferme le lecteur vidéo et efface le dossier. Voulez-vous supprimer ? Oui, je confirme.

Viens, sinon ça va être froid !

Je ferme mon ordinateur portable et passe dans la cuisine pour aider Judith à porter les assiettes. Elle a fait des saltimboccas avec un risotto au safran accompagnés de carottes glacées, des jaunes et des orange avec du thym frais, on se croirait au restaurant. La table est joliment mise, elle a allumé des bougies, elle a même déniché des serviettes, je ne savais pas que j'en avais encore. Je fais une photo du repas avec mon téléphone, une photo de la table puis je passe en mode vidéo et je filme Judith qui est assise et me regarde en souriant.

Dis quelque chose.

Tu veux que je dise quoi ? Ça va refroidir.

Au réfrigérateur il y a une bouteille entamée de chardonnay, le vin des femmes seules. Nous ne sommes pas seules, mais on va boire le chardonnay quand même.

Tu as déjà sauté d'un plongeoir de dix mètres ?

Même pas de cinq mètres, dit Judith. Et toi ?

Je secoue la tête. Je ne sais même pas où il y en a un.

Ce n'est pas tout à fait vrai. J'ai cherché sur Internet et il y a plusieurs plongeoirs de ce genre dans les environs mais j'ai oublié où exactement. C'était au moment où notre projet prenait l'eau. Je m'étais dit que ça changerait les choses si je sautais, pensée magique. Évidemment c'était stupide et je n'ai pas donné suite à cette idée.

C'était quoi déjà le passage de la Bible que tu as cité pour son enterrement ?

Judith réfléchit un instant. Deuxième livre de Samuel, chapitre 14, dit-elle. Nous devons tous mourir, nous sommes pareils à l'eau que l'on verse sur la terre et qu'on ne peut plus rassembler.

Maintenant je me souviens. L'eau qui jamais ne se perd, le cercle éternel. Le bleu qu'on ne peut ternir.

Richard et moi, nous avons parlé de toi, dit Judith.

Oh ! Ou plutôt : Oh ?

Rien qui puisse t'inquiéter. L'histoire du film, ça l'avait affecté. Il ne se doutait pas que vous alliez tout de suite abandonner s'il ne venait pas. Il pensait que cet échec donnerait peut-être naissance à quelque chose d'autre, quelque chose de plus passionnant, un film où il n'aurait pas seulement été question de lui mais aussi de vous, de votre relation, de la vie, de l'écriture, de la façon de faire un film, de l'homme quoi, du monde, tu le connais. Il avait son idée là-dessus, le côté biographique ne l'a jamais intéressé. Il aurait peut-être dû vous en parler. Toi et Richard, vous auriez dû faire le film ensemble. Mais tu as tout de suite renoncé.

Je crois qu'il n'avait tout simplement plus envie.

Il t'appréciait beaucoup, dit Judith, je n'en dirais pas autant du cameraman, pour être franche. Elle rit. Il était trop gentil à ses yeux. Mais il a regardé tous les films de toi qu'il a pu dénicher.

Je ne dis pas ce que je pense : si j'avais été un homme ou si j'avais eu vingt ans de plus, il ne se serait pas intéressé à moi. C'est vrai, il ne m'a jamais draguée, mais il était évident que je lui plaisais. Il l'a d'ailleurs reconnu. Est-ce mal ? Ce ne serait pas la plus mauvaise des motivations. Peut-être avons-nous trouvé tous les deux quelque chose dans l'autre. Rien fait mais trouvé quelque chose.

Pourquoi avons-nous abandonné, Tom et moi ? Ce n'était pourtant pas le premier film où nous rencontrions des difficultés. Peut-être que la disparition de Richard ne fut pas l'élément déclencheur, c'étaient plutôt les tensions qui existaient entre nous deux. Auparavant, les difficultés ne nous avaient en tout cas jamais effrayés, au contraire, elles nous avaient donné des ailes. On avait aussi discuté à ce sujet, Richard et moi, sur l'échec et son importance pour le travail.

Mes meilleurs films ont toujours été ceux où j'ai rencontré les plus grosses difficultés, ceux qui ont d'abord mal commencé et dont on avait malgré tout fait quelque chose, mais quelque chose de totalement différent, quelque chose de bien meilleur que ce que j'avais pensé et imaginé au départ.

C'était lors d'un de nos premiers entretiens préparatoires. Richard avait quelque chose à faire en Suisse et nous nous étions donné rendez-vous tous les deux, Tom ne pouvait pas venir pour je ne sais plus quelle raison. C'était l'hiver, il faisait un froid de canard, mais nous avions malgré tout passé la plus grande partie du temps à nous promener au bord du lac, des allers-retours, et nous avions imaginé ce film que nous voulions faire. Notre film n'a jamais été aussi beau que durant ces premiers entretiens.

On est en plein dedans, dit Wechsler, c'est le point de départ : on se promène au bord du lac et on discute, il fait un froid glacial. Des peupliers, un ponton, le regard qui glisse sur l'eau, la plage de Tiefenbrunnen. Rien que ce nom a déjà quelque chose de poétique : fontaine profonde.

Pour que ce film voie le jour, il s'était arrêté, s'était tourné vers moi et m'avait regardé dans les yeux, il faut aussi que vous vous y investissiez totalement. Plus vous donnerez de vous-même, plus vous en apprendrez. C'est tout le secret.

Venez, dit-il en traversant de façon téméraire la route très passante. De l'autre côté, près de la gare, se trouve un kiosque. Wechsler achète deux billets de loterie et m'en tend un. Nous grattons les gains, rien. Mais ça aurait pu, dit Wechsler en riant.

Nous retournons au bord du lac, direction le centre-ville. Cette idée de l'échec semble fasciner Wechsler.

Il faudrait toujours prendre en compte l'échec, dit-il. Comme partie de l'évolution d'une œuvre. Ce pourrait être un film sur l'impossibilité de faire ce film. Une sorte de Huit et demi du documentaire. Fellini.

Je sais. Il me prend pour un benêt ? Une benête ?

Peut-être que l'échec est de toute façon inévitable, dis-je, certains échouent simplement plus tôt que les autres.

Plus tard : Une histoire est complètement pensée quand elle a pris la pire tournure qui soit. C'est Dürrenmatt qui a écrit ça, moi aussi j'ai quelques citations sous le coude. Mais la pire tournure possible n'est pas prévisible, elle arrive par hasard.

Ce serait quoi la pire des tournures pour notre film ? Et quelle serait la pire pour Wechsler ? Sa mort ?

Mais la mort de Wechsler ne signifie rien. Wechsler n'est pas mort parce que c'était logique, intéressant d'un point de vue dramaturgique, c'est simplement arrivé. Il était malade et il est mort. La mort ne signifie rien. La réalité n'écrit pas d'histoire. Dans la fiction on ne peut pas vivre, mais pas mourir non plus.

C'était quand ? Quand avez-vous parlé de moi ?

Le repas est succulent. Je mange même les feuilles de sauge, alors que je ne les aimais pas particulièrement jusque-là.

C'était peu avant sa mort, dit Judith. Il voulait voir encore une fois la mer. Nous sommes allés ensemble à Trouville. Ce fut plus que précipité. Judith rit encore une fois. Il m'a appelée et je lui ai dit que je venais. J'ai simplement dit à mon mari que je devais m'absenter quelques jours, je n'avais ni le temps ni la patience d'expliquer ou de faire semblant, et il a accepté sans poser de question. Peut-être se doutait-il déjà de quelque chose. Mais ça m'était égal. Je me suis fait prescrire un arrêt de travail.

Richard avait déjà eu quelques séances de thérapie et il était rentré chez lui à Sceaux. Judith avait pris le train pour Paris où elle avait loué une voiture.

Tu as déjà conduit à Paris ?

Quand nous avons fait les prises de vue, c'était la première fois que j'y allais. Et ensuite c'était avec toi. Je vais écrire ça sur ma liste de choses à faire avant de mourir : conduire à Paris.

Il vaut mieux pas.

Quand Judith est arrivée, Richard allait relativement bien, mais on voyait qu'il était fatigué à cause des thérapies et de tous les médicaments. Ils sont partis pour Trouville, Judith avait réservé une chambre à l'hôtel où ils étaient déjà descendus plusieurs fois, un grand bâtiment plutôt moche, mais pas très loin de la mer avec une piscine couverte. Ils ont passé quatre jours là-bas, dans la chambre, au bord de la piscine, au bord de la mer, dans les restaurants et même une fois au casino, ils ont parlé de tout ce dont il était possible de parler, et aussi de moi, pas seulement de la maladie, parce que Richard refoulait, il ne voulait pas gâcher le temps qui lui restait avec ça.

Les jours passaient comme s'ils n'avaient pas de fin, dit Judith. Mais au bout du compte, ce fut quand même difficile. Je l'avais ramené à Sceaux, l'avais aidé à déballer ses affaires, j'avais même fait une lessive et la cuisine pour lui. Nous avons dormi une dernière fois dans le même lit et j'ai dû partir le lendemain. Judith ne m'en dit pas plus et je n'ai pas à en savoir plus.

Tu as déjà quitté une personne que tu aimes en sachant que tu ne la reverras jamais ? À la fin, j'ai simplement pris la fuite.

Si tu continues à faire la cuisine comme ça, tu peux rester aussi longtemps que tu veux, dis-je en emportant les assiettes vides et en les mettant dans le lave-vaisselle.

Qui sait, dit Judith en me regardant dans les yeux, ce qui me gêne, je ne sais pas pourquoi.

Tu ne dois pas le prendre trop au sérieux, dit-elle. Il y a toujours un peu de théâtre avec lui. Lui-même ne se prenait pas complètement au sérieux, il a toujours oscillé entre la joie de vivre et le pathos face à la mort. Dans ses livres, il y avait surtout le côté sombre qui ressortait, mais quand on était avec lui, c'était plutôt le côté clair, tu ne trouves pas ?

C'est vrai, on s'amusait bien avec Richard, même s'il ne savait pas raconter les blagues, ou peut-être à cause de ça justement. On aurait dit que cette histoire de film et tout le reste, c'était un jeu pour lui. C'est sans doute pour ça que je l'aimais bien. Il y avait quelque chose de léger autour de lui, quelque chose d'insouciant, de vivant, de bleu.

Je vais peut-être me remettre à faire des films, dis-je. J'ai quelques idées. Pas des documentaires, quelques histoires que j'aimerais raconter.

Judith pose son bras autour de mes épaules et dit, ce serait bien. Ça ferait plaisir à Richard.

Je vais peut-être écrire aussi mon autobiographie. Ou un manuel de développement personnel, un manuel sur le couple pour les femmes d'un certain âge comme nous. Judith lève les yeux au ciel et rit.

Dans une conversation avec Richard on en était arrivés à parler des qualités les plus importantes pour un individu. Il avait évoqué les vertus cardinales, piété, justice, courage, modération. Platon a remplacé la piété par l'intelligence, dit-il, ce n'est pas un mauvais choix, même si c'est surprenant. Après tout, l'intelligence est presque le contraire de la piété. Mais il avait dit que, pour lui, la qualité la plus importante, c'était l'humour, la sérénité.

I don't give a shit est peut-être la phrase la plus importante pour un artiste, avait-il dit. Ou une artiste. Il avait souri, vous voyez, j'apprends. Je m'en fiche. Ce que les gens pensent, ce que les critiques écrivent, ce que veut le marché, l'importance de mes ventes. *I don't give a shit.* Je fais ce que je crois devoir faire.

Il faut pouvoir se permettre de dire ça.

On ne peut pas se permettre de ne pas le dire.

Je n'ai rien dit à Judith à propos de la dernière vidéo, pourquoi d'ailleurs ? Je regrette déjà de l'avoir effacée, mais il n'y avait sans doute plus rien après les premières minutes que j'avais vues. La sérénité, c'est aussi de pouvoir se dire à un moment donné, ça suffit, a dit Richard, pouvoir arrêter au bon moment. Mon but, c'est de me retirer de plus en plus, de devenir de plus en plus silencieux avant de me taire complètement, ma dernière œuvre sera le silence, un silence serein, bien sûr. Le livre ne sera sans doute pas un bestseller, ai-je dit, et Richard a éclaté de rire. Non, certainement pas.

J'imagine que dans cette vidéo il a eu un petit sourire à un moment donné, s'est levé et est allé à la fenêtre. Il est là, sur un côté de l'image, il préférait être sur le bord qu'au centre et il regarde le monde par la fenêtre, ce monde qui l'a toujours plus intéressé que le regard dans un miroir, le regard dans la caméra. Sirène, une ambulance passe, une autre histoire. Et puis ? Plus rien. Coupez.

La vidéo évoquée dans le livre sur le saut depuis le plongeoir de dix mètres fait référence au court métrage *Plongeons*, d'Axel Danielson et Maximilien Van Aertryck (2016).

Notes

1. Les mots en italique suivis d'un astérisque sont en français dans le texte. (N.d.T.)

2. *Mais que sont toutes les choses / Qui nous tiennent à cœur / Sinon de mauvaises fariboles ? / Qu'est-ce que la vie de l'homme / Qui ne cesse de s'agiter / Sinon une fantaisie du temps ?*
Extrait de *Vanitas ! Vanitatum Vanitas !* d'Andreas Gryphius, traduit par le traducteur.

3. *Je suis la balle dans ton colt / Vise droit au cœur / Ou d'un coup fais-moi disparaître de ta vie / Il faut que je sache maintenant ce qu'il en est / Quand tu auras tiré, il n'y aura plus de questions / Et je saurai que je t'appartiens.*
Extrait de *Kugel im Colt* d'Ugo Lindenberg, traduit par le traducteur.

4. Sketch du duo Karl Valentin (1882-1948) et Liesl Karlstadt (1892-1960), où il est question de savoir si on met ou non un « n » au milieu du mot composé *Semmelnknödeln* (boulettes à base de pain accompagnant la viande en sauce).

5. Dans *Der Firmling* (Le Confirmand), un père déjà bien éméché déclare à son fils (joué par Liesl Karlstadt) sur un ton sentencieux d'ivrogne : « C'est justement pour ça que je te dis : belle est la jeunesse, jamais plus elle ne revient. »

6. Traduction en anglais de passages du poème de Saint-John Perse *Vents*. Texte original en français : « Un monde à naître sous vos pas... Se hâter ! Se hâter ! Parole du plus grand Vent ! »

Composition et mise en pages
Nord Compo à Villeneuve-d'Ascq

Imprimé par Dupliprint à Domont (95)
Dépôt légal : août 2024
N° d'édition : 2656 – N° d'impression : 2024041642
Imprimé en France